U0652327

pork

肉

小说集

（日）坂木司 著

山吹 译

新星出版社　NEW STAR PRESS

目录

武斗派的脚尖

1.Trotters

猪蹄片是前辈的心头之好。

从歌舞伎町步行一段距离，就能走到一家韩国料理店。每每结束一单大生意，他都会去那里点上一份猪蹄片。

"真好吃。"

前辈喝着真露烧酒，往切成片的猪蹄上抹味噌酱，嘴里吧唧吧唧地啃着。我为他倒酒，不置可否地回以笑容。

老实说，我不太喜欢猪蹄。虽然明白富含胶原蛋白的猪蹄有益于身体健康，但那种既不像火腿又不像肉的口感令我感到不适。猪蹄片是冷盘，所以吃的时候嘴唇会发黏。我原本也不喜欢吃放凉了的肉类，连火腿都会尽量烤着吃。

前辈却会用生培根下酒，更不用说猪蹄了。

他一向独占欲强，玩游戏和吃猪蹄都是如此，所以我从不动筷子。可是有一次，他突然把盘子推了过来。

"要吃吗？"

"咦？"

"让你吃吃看，夹吧。"

那天前辈心情大好。由于我没有拖后腿，重要的工作以最快的速度交了差。

"不用客气。"

前辈非常小气。之前我吃了他钟爱的一块茶点，就挨了他一拳。

那样的一个人却拿出了他最喜欢的食物。

"是嫌弃我的猪蹄吗？"

"不，没有的事。"

我诚惶诚恐地伸出筷子，夹了一片猪蹄，配上大量蔬菜和味噌酱。前辈倒是对肉以外的部分毫不介意。

"怎么样，好吃吧？"

我咬着筷子尖，郑重其事地点了点头。猪蹄并不好吃，虽然加了很多味噌酱来冲味道，但还是能尝到一种特有的臭味。可我不能道明这一点。

我咬下难嚼的冷猪皮，嘴里变得黏糊糊的。猪肉被我的体温同化，融化在口中。这么一想后，我突然觉得毛骨悚然。

"你是一个废物。"

我默默地点了点头，实在不想违背他的意思。

何况我根本无力招架随之而来的暴力行为。

"不过啊，就算是废物，努力一把的话也能做出点成绩来。你不必想太多，就照我说的去做。"

我装出颇有感慨的样子，对着他点了点头。口中是黏糊糊的猪皮和软骨，一直无法下咽。

而此时此刻，我再次直面猪蹄。

前辈不在这里，所以没必要点猪蹄。为何事情会变成这样？我只是点了一份再寻常不过的关东煮罢了。

"你要这么说也没办法，关东煮里本来就会放猪蹄。"当我发牢骚说自己没有点这个的时候，站在柜台里侧的老板不解地说道，"实在不喜欢，留在盘子里就是了。"

对方摆出一副老好人的模样，又对着我笑了笑。我说着说着，就闭上了嘴。我不怎么会抱怨别人，原以为和前辈一起工作后早已对索赔这种事习以为常，但仔细想想，我不过是习惯了听他破口大骂罢了。

换作前辈，遇到这种情况又会怎么做？他会觉得自己被糊弄了，因而大发雷霆吗？还是说，他会像往常那般一言不发，只是一个劲地用脚施加暴力？

"实在不想吃，就当作汤渣留着吧。这个算是给你的补偿。"

老板说着，往我的盘子里放了热气腾腾的香肠。

"香肠……"

香肠没有用面糊炸过，而是那种夹在热狗面包里的细长肉肠。为何关东煮里净放这样的东西呢？我只想吃煮得入味的白萝卜和竹轮，配苦涩的酒下肚罢了。

我究竟进了一家怎么奇怪的店啊。沉闷的心情挥之不去，讨厌的猪蹄映入眼帘。它不像前辈点的那种猪蹄片，而是一整只大猪蹄子笨重地搁在那里，从视觉上就让人受不了。与其说那是蹄子，不如说更像脚尖。

说起来，我甚至无法成为一匹孤狼。我暗自想道。

说起来，从三流大学毕业的那一刻开始，我就已经偏离了社会精英的轨道。

我本该在初中或高中毕业后进入社会，在前辈的指导下出人头地。可那时我被父母和身边的人说服，心想至少读到大学毕业。

而且大学毕业后，我居然像其他应届生那样进入普通企业就职。当时正值泡沫经济时代全盛期，只要你愿意，总有企业为你提供就职机会，我也顺其自然地成了一名公司职员。

随后经济急转直下，当我对此有所察觉时，已面临三十岁的大关。我忙于工作，没有女朋友，也不曾换过工作，和学生时代一样住在父母家。这样看来，我的日子过得毫无乐趣，每一天都只是得过且过。

我心想不能再这样下去，加上在原来的公司里苦于人际关系而无法发挥自己的实力，便鼓足勇气踏入了神往已久的那个世界。

我原本就是武斗派，所以无法适应公司这样的地方，也是在所难免。

从小我便沉迷于职业摔跤和格斗技，还会专注地研究相关杂志和电视转播。读大学时我去过比赛会场，也曾心无旁骛地钻研武斗技巧。只是父母阻止了我的道场学武之路，我也没能遇到街头对打的机会，不由得感到遗憾。

若是当时了了这个心愿，我便能发挥自己在线上学到的本领了。

继格斗技之后，我又迷上了侠义电影。

自从走入社会，我便不断受挫。每当沮丧失意的时候，我都会看看侠义电影，再次点燃自己的一腔热血。男人的世界为仁义二字而活，那种称兄道弟和以老为尊的氛围也很有味道。

"你都已经是三十岁的人了，怎么连电脑都不会用呢？"

一位年纪轻轻的女职员对我说道，眼神里满是轻蔑。真希望她能去那个世界学学辈分情义。只是长得有点可爱而已，该不会以为光凭这一点就能横行社会吧。像这种爱追求名牌的女人，总有一天会为了赚黑钱进入风俗业，充其量只能过上那样的人生。

"就合作到下一份合约为止吧。"

客户方的社长用这句话结束了合作关系，全然不顾我们之间的长年交情。在讲求商务效率之前，倒是先遵守人情义理啊。像这样的家伙，总有一天会在自己的公司面临危机时孤立无援。社长有什么了不起的嘛。

"对了，听说你是武斗派，骗人的吧？"

酒会上，一个和我同期进入公司的男人突然打探我的个人爱好。

"也不是。"

"说什么啊，就凭你那肥嘟嘟的肚子？你只是一个爱看职业摔跤的阿宅吧，难道还想用那种蚊子般的声音叫嚣着'我打！'吗？"

烦死了，烦死了，烦死了！我再也不想待在这种公司了。这些看不起我的家伙等着，总有一天我要出其不意地发起进攻。到时可别大吃一惊，毕竟我是武斗派。

没想到重新找工作困难重重。或许是年龄到了瓶颈，有好几家公司拒绝了我。不过在前东家累积的业绩获得了认可，我得以找到理想的工作。

一开始，无论是前辈们的日常举止还是工作的环境氛围，一切都显得那么合我心意。每次听到别人哪怕一句谨慎的措辞，我都会心生感激，也会努力去学习这种言语礼仪。更何况我还遇到了理想的前辈，光是能一起行动便觉得开心。

可不管怎么努力，我都无法融入那个世界。虽说从一开始就了然于心，但我总觉得船到桥头自然直。我的内心可是武斗派。

"或许你得从头学起吧。"

别人总是叹着气，对我拳打脚踢。我已经很努力了，用着自己并不熟悉的专业用语，朝着工作的第一线往前冲。我已经尽力了，却未能崭露头角，随即就被调去做幕后工作。

尽管不受待见，我还是没有泄气，幻想着自己总有一天能活跃在舞台上。

我在挚爱的电影里看过这个世界，即使身居末位，也依然没有离开。

做做白日梦，又有何不可？

或许是活在梦中太久，我在工作上出现重大失误，造成了一千万日元的损失。面对这样一个天文数字，前辈自然是暴跳如雷。

"身为大哥，我本该为你扛下责任，可这次恐怕是没办法了。"

最终还要看社长如何判断。我被叫到接待室，里面除了社长，还站着一排从其他部门过来的前辈。这可不得了，我的身体不由自主地发起抖来。

"说来说去，你也已经过了试用期。"在漫长的一番说教之后，社长靠在黑皮椅子上如此说道，"要是还不上一千万日元，就等着被切小指吧。"

室内的气氛顿时降至冰点。这就是黑道啊。我在侠义电影里看过无数次这样的场面，而此刻我便是这一幕的中心人物。想到这里，我的内心激动不已。

"啊，您说的是'断指'吧？"

我藏不住声音里的喜悦。这么说完后，社长露出怀疑的神色。

"你这家伙在想什么啊？"

"社长，他还不太适应这一行。"

前辈装作无意地为我说话。可社长依然紧皱眉头，扬了扬下巴示意站在身旁的男人。

"拿过来。"

随后摆在我面前的是一块白木板、木匠常用的凿子与铁锤，和电影里的小道具一模一样。对方抛来一个问题：

"惯用手是哪只？"

"咦，右手。"

话音未落，我的左手便被固定在木板上。他接着问我：

"你希望由谁来动手？"

"什么？"

我一头雾水，完全听不懂他在说什么。这时，一旁的前辈突然插话道：

"毕竟是我的小弟，就交给我吧。"

前辈说着，把凿子和铁锤拿在手中。他看上去是那么侠肝义胆、无比帅气又气势过人。

可是，我不喜欢疼痛的感觉。我反对暴力。

"我选择还钱，用现金付清。"

语毕，前辈停下了动作。

"什么，你有办法弄到一千万日元吗？"

人群里有一名同事紧张地问道。

"这个嘛，我有一笔定额存款。"

我老实回答。室内顿时一阵骚动，打破了平静。

"啊……这样再好不过了。"

前辈扔掉工具，仰天说道。

"你也说过之前是工薪族嘛。"

同事百无聊赖地耸了耸肩。

"不，这个嘛……"

我才察觉到自己破坏了黑道的规矩美，但为时已晚。

上司看着我，像在看什么可怜无比的人儿一样。

"回去的时候去一趟总务处吧。"

我憧憬着侠义世界，但被格斗界拒之门外，便选择加入以经济活动为主的暴力团伙。这次过错最终只是补偿了损失，以普通的形式善后。

来这里之前，我多少存下了一些钱。因为住在父母家，我也没什么机会花钱，再加上在泡沫经济时代入职，待遇还不错。等存到一千万日元的时候，我便转成定期存款，以备不时之需。如果以后交了女友，拥有这么一笔结婚基金，心里也比较踏实。

去过总务处后，上司再次把我叫去，说完解雇通知后给了我一只用来装私人物品的纸箱。

"总之装装样子也好，这个月你走得越远越好，否则我们无法杀鸡儆猴。"

我点了点头。他似乎觉得麻烦，又说道：

"之后我们会放出消息，就说你被切了小指后逃之夭夭了。"

在我整理行李的时候，另一名同事远远走来，向我搭话道：

"你把自己的存款都搭进去了，我给你介绍可以一醉方休的去处吧。"

我对他的关心表示感谢，并告诉他自己有两笔定额存款所以没关系。他大吃一惊，烟头从嘴里吧嗒一下掉在地上。

"你原来是大富翁啊。"

他像看着外星生物般看着我。

"这样的话，干吗来我们这里做事呢？"

刚才在接待室里的那名同事嘀咕道，声音听起来有些愠怒。

这样可不行，我反对暴力。

"我也是有苦衷的。"

我竭尽全力用低沉有力的声音回话，然后拂袖而去。

直到最后，前辈都没有和我说一句话。

"看来不是我们这块的人呢。"

就在我面对猪蹄睹物思情的时候，突然有人这么说道。我抬起头，发现是右侧那个同样坐在柜台边的年轻男人。或许是因为长相出众，尽管穿着不修边幅的T恤，他看上去依然仪表堂堂。

我不擅长应付这种自信满满的年轻人，借用他的话来说，我和他就不是一路人。

"咦，看得出吗？"

既然他没有使用敬语，我也只好像他那样说话，所以我才不喜欢年轻人。

"看不出才怪，这么大热天还穿着一整套西装，哈哈。"

听着对方轻浮的笑声，我怒上心头。这套西装是我学前辈买的，虽然是批发店半价出售的打折品，但显瘦的细条纹图案和红色宽领带看起来像模像样。

"无关天气冷热，我就是这样的穿衣风格。"

我拿起玻璃杯一饮而尽，瞪着身旁的男人。如何，这下分出胜负了吧？

"风格啊……不过，道上也有很多这样的人。"

听到"道上"这个词后，我才发觉是怎么回事。他会说"这块"和"道上"这样的黑话，看上去也不像正经人士。我的心情缓和了一些。之前还以为他说的是"岛上这块地方"，没想到是指"地盘"。

"你来这边出差吗？"

"算是吧，至于个中详情，我不能透露。"

就算撕破我的嘴，我也不会说是为了伪装成逃跑才来这里打发时间的。

"哦，感觉像是卧底侦查，真酷啊。"

反正要待上一个月，只要不是语言不通的地方就行。而我既讨厌严寒天气又怕无聊，便选了一个避暑地。旅游指南上说，冲绳住宿便宜还有美丽海景，适合长时间逗留。

"卧底啊，要这么说也可以。"

我之所以穿着西装来这里，是因为不想在陌生城市的小酒馆里被人瞧不起。我穿着和前辈有渊源的衣服，戴上了和前辈差不多款式的细银边眼镜。

可是，西装里侧已被汗水浸湿，眼镜也只是摆设。我看这家店只有本地人进出，便走了进来。

白天去了一家面向游客的冲绳荞麦面店，着实不妙。我在那里换掉Polo衫和长裤，穿上了一整套工作装。

"卧底不能暴露一点蛛丝马迹吧，比如住宿还是会用假名去登记吗？"

男人似乎来了兴致，接连不断地提出问题，就像刚踏入道上时的我。

于是，我如他所愿回应道：

"那是当然。还是有不少旅馆可以瞒过去的。"

虽是这么说，但我好歹是一个成熟的大人了，不会选择青年旅馆之类的廉价住宿，我从以前就不擅长应对那种群居的人际关系。我也不会考虑看起来很不卫生的地方，或是看不出店主是哪国人的旅馆。我曾看到一家临近主干道的旅馆，一楼是一家公司名看着像中文的旅行社。虽然地段不错，但招牌看着很可疑，所以不合我的心意。

最后我选了一家价格相对便宜的休闲酒店，但若是找到性价比高的小旅馆，就会迅速换地方。

不过，我有两笔定额存款，不急于找寻便宜的住宿。这就是大人享有的余地吧。

"好厉害，总觉得做这样的工作能捞到不少黑钱。虽然现在不景气，但你应该有不少存款吧。看你的西装也像是意大利制造的。"

"哈哈，还行吧。"

像我这种上流人士，穿什么都像高档货吧。

"是不是像《骷髅13》(注：日本漫画家斋藤隆夫的作品) 那样，银行账户里有一大笔余额？"

"哈哈哈哈，还可以吧，至少有两千万日元。"

"哇，好有钱啊。"

"不如这样吧，我给你买衣服，你把那件看着很寒酸的T恤衫换掉吧。"

我说着，得意地笑了笑。男人绽放笑容，表示非常高兴。没想到他也有坦诚的一面。

"对了，我刚才看到了，你不喜欢吃猪蹄吗？"

男人探头看着我的盘子，感到不解。

"也不是，只是觉得稀奇。"

我想回避这个问题，毕竟在年轻人面前坦白自己挑食，实在有损长辈的威严，我也不想在晚辈面前露出软肋。

"啊，其他地方不会在关东煮里放猪蹄吧。"

男人说着，夹起自己盘子里的猪蹄，用筷子划开外皮后，仿佛要剥个精光一般摆弄着，然后送入口中。

"太好吃了，这里的东西还是那么好吃。"

他接着瞥了我一眼，我只好把筷子伸向自己的盘中。

"如何？"

"味道是不错，但不好咬。"

鲣鱼汤底的绝妙味道和沙沙糯糯的口感并不怎么让人反感，至少不会像猪蹄冷盘那般黏糊糊的，也算是得救了。

"猪蹄有很多分散的细骨头，所以吃起来费劲，但也容易吃上瘾，拿来做下酒菜还挺能打发时间。"

我看着猪蹄剥去皮后剩下的部分，暗自叹了一口气。明明在吃肉，为何我还得承受像吃鱼一般挑刺剔骨的麻烦。

"的确挺花时间的。"

为了分离骨和肉，我拿着筷子鼓捣了一番。男人见状，轻轻一笑说道：

"所以我的店才没有把猪蹄写进菜单里。"

"你开了一家店吗？"

我听了，莫名觉得男人看起来颇有老板的风范。

"只是一间小酒吧。店面比较小，要是客人待太久，翻桌率不理想，我就赚不了什么钱。"

听到店面很小后，我总算松了一口气。毕竟他是这么年轻的人，开的店也只是比小摊体面一点吧。

"那店里是只提供干制品吗？比如柿种之类的。"

我调侃道，结果男人直勾勾地盯着我。我反思自己是不是说错话了，应该没有才对。

"也有很多现煮的下酒菜，不过只会弄一些做起来方便又容易进食的食物。"

"啊……比如章鱼小丸子之类的吗？"

"更多的是像Pinchos那样，先用牙签串好点心，弄成可以一口进食的大小。如果是需要细嚼慢咽的烦琐菜肴，翻桌率就会下降。愚钝的客人还会夸我们，觉得这样吃起来很方便。"

不知道Pinchos是什么样的，我对此一无所知，或许是新兴的菜看吧。

"啊，没想到你这么年轻，还知道弄成Pinchos。用牙签串好
Pinchos的做法挺新颖嘛。"

男人听了我的发言后，一下子沉默了。我心想自己是露出破绽
了，没想到他笑着说道：

"太好了，难得遇到不用我说明就知道Pinchos的人。"

男人随后对着柜台喊了一句："给这位客人加一节卤蹄子。"

"卤蹄子？"

"啊，我们这里管猪蹄叫卤蹄子，准确地说是卤猪蹄子。我看
你好像很喜欢这个味。"

他这么一说后，我顿时感到惆怅，早知道就不多说闲话了。

"卤蹄子来了，久等了。看着你吃，我也高兴。"

老板满面春风，看起来是那么可恶。

"可是到了我这个年纪……像这种脂肪较多的肉只能吃一点。"
我说道。

"咦，你不知道吗？关东煮里的卤蹄子炖得很烂，基本没什么
油脂。"

"这……确实不算肥腻。"

我放弃做最后抵抗，不情愿地动着筷子，为第二只猪蹄去皮。

"而且这个是猪的关节部位，富含胶原蛋白，其实有益于身体健康。"

我把眼前的猪蹄想成关节，逼着自己张口吃下，一块块骨头在嘴里来回碰撞。明明是猪的蹄子，为什么会有这么多小骨头？

我在心里暗自抱怨，猛然觉得这就是不断指的报应。

我顿时觉得想哭。

我究竟在这种地方做什么？

那时就应该选择断指，至少比现在这样好。可我很害怕，又讨厌疼痛，就算在断指前一刻能逞一时威风，事后也会像败兵一般。

说起来，丢了饭碗又该怎么重新找工作？

而且我还没有女友。

就在我垂头丧气的时候，有人轻轻拍了一下我的后背。

"怎么了？是不是有什么沉重的心事？要不喝一杯吧？"

我接过男人递过来的玻璃杯，一饮而尽。不知道那是什么酒，只觉得喉咙有一阵灼热感，呛得我咳了一声。男人便大笑着说道：

"从上面跑出来了。"

"你在说什么呀？"

"我说你一咳嗽，似乎就掉眼泪了。这就是借酒消愁吧。"

我听了，顿时火冒三丈。

"你这小子说谁哭了？可别小瞧我，小鬼。"

男人突然从座位上站起来。我惊得缩成一团，抬头看着他。

"吵死了。小心我在你的嘴里塞满卤蹄子，然后揍你一顿。"

他说的是什么话，又不是我挑起的事端，现在反咬我一口是想怎么样。

我的眼睛微微湿润，就这样看着他。

我在工作上也不擅长杀回马枪。

"你老是打电话过来，烦不烦啊！"

那时我将话筒放在耳边，吓得身体缩成一团。

"咦，可是……"

"有什么好可是的，我们可是很忙的。催债的，我都说了会付钱，你老实等着就是了。"

每次打催债电话，每三个客人里就会有一个这么说。虽说我们踏足灰色经济地带，但说到底就是面向普通居民的贷款服务。而且，现在这些非道上的人和混混并没有区别，人品和态度都差得很，或许也是经济不景气造成的吧。

冷静下来想想，虽说我们是放高利贷的，但怎么说都是借钱不还的人不好，至少也该说句话道歉吧。

客人却不知为何高高在上地回嘴。

"可是已经过了期限。"

"就算到期了，我还是没钱，这也没办法不是吗？"

"就算没钱，也要想办法还上。"

我拼命复述着手头那本《收款指南》上的内容，可对方冷不防地说道：

"那你告诉我，要怎么把零日元转过去。"

"什么？"

"我刚才不是说了吗？现在没钱。你又要让我想办法，那只能是钱包里有多少就转多少了。所以说啊，你要告诉我，该怎么把零日元转过去。"

"怎么能这样？"

我完全不知道他在说什么，这时他又突然说出莫名其妙的话：

"我想让你们看看诚意，所以告诉我怎么转过去吧。"

"怎么可能转得过去？"

听我这么说后，对方意气风发地说道：

"这样啊，那就没办法了，转不过去嘛。"

他没有和我打招呼，就任性地挂断了电话。

我拿着话筒愣在原地。这时上司经过，拿文件拍了拍我。

"你这家伙，可别敌不过外行人。一旦被小瞧，之后再怎么催款都要不回了。"

"抱歉……"

这样的情况总是一而再再而三地发生。

好一阵子，男人就那样一言不发地俯视着我，又像刚发现什么似的突然弯下腰来，在我的耳边低语道：

"对了，我告诉你一件好事吧。"

"咦？"

"我们这边干架有个小技巧，只要在对方的嘴里塞满卤蹄子再动手，就会像往嘴里放了小石子那样，具有惊人的威力。"

原来是这样，含着猪蹄揍揍确实令人恐惧。我沉默着点了点头，男人便笑着继续说道：

"顺便告诉你，如果咬着甘蔗，牙齿就会折断；如果不断吃黑糖，就会长蛀牙。"

我知道他在调侃我，但还是过了一会儿才反应过来。

"什……什么啊，你真是有趣。"

"谢谢，你也不赖。"

气氛稍显缓和。我松了一口气，总算有勇气对上男人的视线。我猜测这个人之前或许当过混混。

"你的店想必生意很好吧？"

总之先抬举一下对方，这样才能好好收场。于是我恭维了一下，但又不能显得阿谀奉承。

"还过得去吧，托你的福。"

"要是我有你这样的经营能力就好了。"

这句话一半是出自真心。我想成为主导的一方，而不是被主导的那个。

"你呀，有一百万日元的存款就可以开店了，对吧？"

男人向柜台里的老板征询意见。

"就是，如果在这样的路段开店，五十万日元就能起家了。"

"咦，是吗？"

我真的有点心动了。就在这边开一家店，不也挺好的吗？

"说实话，做生意能存下钱吗？"

男人和老板听了我的问题后，脸上露出苦笑。

"做客人生意的行当，哪里存得了钱？只够养家糊口罢了。"

"这样啊，只能赚赚小钱呀。"

我呢喃道。男人轻轻地转过头来，说道：

"能挣到钱就不错了，你应该改变心态。"

"可那样一来，我就不能像在道上那样活得像模像样了。"

男人听了我的话后，吐出口中的小骨头。

"这说的是什么话啊？"

骨头发出干涩的声响，在柜台上滚动，刚好停在我的左手边。

"什么像模像样啊什么美学啊，不过是膨胀的猪用瓦楞纸箱把自己围起来罢了。"

男人说着听似唾弃的言语，再次站起身来。

"什么意思？"

"就是说，根本毫无用处。"

这种时候被小瞧就一败涂地了，于是我鼓足勇气也站起来。男人和我对峙着，又将放着关东煮的盘子拿到我的面前。

"那不过是吃饱了撑的，若是连饭都吃不上，你就只会停留在饱腹的需求上。"

"不……不是有句俗语叫'武士不露饿相'吗？"

我拼尽全力回话道，对方却嗤之以鼻。

"落魄的混混还想和武士相提并论。"

"这说的是什么话啊。"

"我告诉你，我最讨厌那句俗语了。人不吃饭就活不下去。"

尽管气氛有些紧张，我还是觉得他很威风，居然能脸不红气不喘地说出自己最讨厌什么，若不是自信满满可做不到。

可我刚刚那么虚张声势，万万不可在这时退缩。

"说什……什么落魄的混混啊，我可是卧底杀手。"

"杀手可不会像你这样大张旗鼓。本想听听就算了，你还一直说个不停，就像傻瓜一样。"

被对方直接戳中痛点后，我随即暴跳如雷。

"吵……吵死了！少废话，你这个毛头小子！"

"哎呀，真是的，结果还是要动手吗？你真的是愚不可及啊，但在这种地方动手很麻烦，对吧？"

男人寻求柜台里的意见。老板听了，笑着点点头。

"咦？"

"我和你说啊，有时人就是需要身份不明的替死鬼呢。"

"咦，什么？"

"因为没什么赚头，所以偶尔也要打打工。"

我无法好好地理解老板的这句话。

"你不过是在道上混不下去的那种人吧。虽然不知道你犯了什么过失，但似乎不得不隐姓埋名。"

"不，怎么会有这种事？咦，咦？"

"也就是说……"

"也就是说？"

"要是你在这里失踪了，也不会留下什么后患。"

我在脑海里反复回味男人所说的话，最后害怕得发抖。情况不妙。这可不是侠义电影里会出现的场景，不仅无关侠义，甚至还有些不合理，总觉得就像恐怖电影。

我拼命转动脑筋。

"其……其实我在入住旅馆时登记了真名，要是出了什么事，老家那边应该会收到消息。"

我在预定住宿时不小心用了真名，现在想想真是万幸。然而，男人听了我的话后嗤笑道：

"只要前台收了钱，不管你入住时用了真名还是假名，旅馆那边都无所谓。只要你不是死在旅馆里，他们就不会管你。"

这里可是法治国家，我虽然是一个混混，但不过是干点灰色经济的勾当，怎么说也不该遇到这种像在电影里才会有的桥段。

"怎么会，怎么会这样？"

"你之后就会明白了。"

老板站在男人的身后，不住地点头，就像在打盹儿一样。我的脑子一片混乱，不明白究竟是怎么回事。

"交出钱包！"

我不大情愿，但还是照做了。男人随即打开我的钱包，然后高声大笑。

"居然带着驾驶证和银行卡，背面还有密码的提示。生日信息可不能和驾驶证放在一起。"

男人笑着从钱夹子里抽出一张一千日元的钞票，然后把钱包还给我。

"就先把卤蹄子的钱还给我吧。"

我一愣一愣的，以为他只是开了一个不小的玩笑。谁知他突然脸色大变，看着我说道：

"剩下的那两千万日元，就等你消失后再慢慢地取出来。"

腋下已被汗水浸湿，实在是可怕至极。我反对暴力。

我突然看到老板的手里不知何时拿了一把菜刀。

我急忙四下找寻出口，却发现就在男人的正后方。

我不知道怎么从那里出去，便想找找其他出口。

可就算有，我也束手无策。在狭小的店里，我势必会被其中一个人逮住。

"对了。"男人突然把盘子推到我的鼻子前方，"我拿得手酸，你能不能把这个吃了？"

"咦？"

"卤蹄子还有剩呢。"

男人用盘子的边缘抵着我的人中，弄得我生疼，所以我才说反对暴力！

"你就吃吧。"

我流着泪将猪蹄一口放进嘴里。男人看到后，微笑着指了指身后的那扇门。

"你就全速逃走吧。我数到十后，会开着电动车去追你。"

我被噎着了。

"那我开始数啦。"男人开始用手指数数，却又停下来说道，"对了,Pinchos其实是西班牙小餐馆里提供的下酒菜。"

嘴里的猪蹄让我无法出声回应，但此时吐出来肯定更加不妙。

"也就是说，Pinchos本来就是插着牙签的。你这只中年肥猪，记住了吗？"

男人全然不顾我的反应，只是在自说自话，就像外国电影里的反派角色那样，看起来有些威风凛凛。

"那就重新开始吧。一，二……"

我听到后，便如脱兔一般冲向门口，身后是男人和老板在放声大笑。

我或许被耍了，但若是真的，我的处境实在不妙。

我飞奔着穿过老旧的小巷，在心里继续数数：三，四……五，六……

腿跑得生疼，我已经汗流浃背，西装紧贴在身上发出干巴巴的摩擦声。

七……

猪蹄堵在喉咙，让我觉得窒息。我想大吐特吐，但干燥绷紧的舌头上净是黏糊糊的胶原蛋白，无法张口吐出。

八……

皮靴里的脚掌开始打滑。我尽量往可能有人的方向跑，不管遇到的是路人还是其他人都行，可连一个人都碰不到。

九……

不知从何处传来了电动车的动静。

我拼命想寻求帮助，反抗暴力。

十……

这场口中塞满猪蹄的逃跑行动已经宣告结束。

"十。"

虽然我是武斗派，但是反对暴力。

美国人的国王

2.Loin

滋啦。

肉放进油中发出声响，未来岳父眯细了眼睛。

"听着真不错。"

"嗯。"

我含糊地点了点头。

周日午后，我和他并排坐在炸猪排店的吧台上等着上菜，手边还放着罐装啤酒和酱菜。

首先，我讨厌罐装啤酒，放在那里就像在说我应该为对方斟酒一般。我感受到压力，让岳父亲自拿起啤酒罐倒酒是罪不可赦的。为何这家店不用玻璃杯装好啤酒呢？

其次，我讨厌酱菜。我倒不是讨厌腌制品，甚至还挺爱吃，只是不喜欢包菜丝之类的酱菜。将一小撮包菜丝塞进嘴里，"咔嚓咔嚓"地咀嚼一番后，整个人都沉默了。包菜丝就不该出现在这种让人坐立不安的地方。

要说的话，我其实很讨厌炸猪排店。店里只提供油炸食品，而且菜单上只分菲力猪排和沙朗猪排两种，仿佛要让我无处可逃。要是有炸虾或炸鸡柳，我至少好接受一些。

"沙朗猪排来了，久等了！"

伴随着开朗的招呼声，一只大盘子放在我的面前，里面堆满包菜丝，还放着切成瓣状的柠檬。如果只是这样，我还不会觉得反感，可炸猪排的热气从包菜丝的缝隙间升腾上来，让我感到无力应对。

"哇，终于上菜了。"

未来岳父眯着眼睛，伸手去拿芥黄酱料瓶，然后拿着挖耳勺一般的小勺子，舀了黏稠的芥黄酱放在盘子的边缘。

总觉得这种像挖耳勺一般的东西很不卫生，看得我难受。

我自然知道这是在给勺子妄加罪过，也明白"憎其人者，恶其余胥"的道理，却还是无法打消厌恶的念头。

"这个是酱汁。"

我也讨厌这种像茶壶一样的酱汁瓶。那么重的陶制盖子，拿下来之后都不知道放在哪里好。这种无法用单手倒酱汁的容器简直是反人类的设计。再说了，为什么非得用这种酒舀子一般的长勺来舀酱汁呢？既容易滴漏又不好淋上去，简直是有百害而无一利。

"咦，你不淋上酱汁吗？"见我看着酱汁瓶犹豫不决，未来岳父仿佛心领神会般点头说道，"也是，现在的年轻人都是这样，不喜欢淋酱汁吧。"

"呃，啊，也不是……"

我看到了一丝希望，说不定岳父能理解我的心情。毕竟他是我最喜欢的美奈子的父亲，不至于这么不会察言观色吧。

仔细看看，他那镶金的门牙也不是那么减分了。

"给你这个吧。"

我的准岳父这么说着，推过来一只小壶。

"咦……"

我打开一看，发现里面放着白色的结晶体。

"现在流行什么都用盐调味，不是吗？"

没想到他是这么理解的。

"还有加盐的炒面吧……"

我对他无比失望，便拿起刚才的"挖耳勺"舀了一点盐，倒在一块炸猪排的一角。盐从"挖耳勺"的两侧不断漏下，暴露了这把工具的缺点。这种设计根本不合格。

"用盐和柠檬做佐料，怎么看都很洋气啊，像我就是吃天妇罗一定要配天妇罗蘸汁的人。"

我自然知道，不久前美奈子也说了一样的话。天妇罗蘸汁味道非常浓重，对口味清淡的我来说，简直是生命不可承受之重。

未来岳父甚至往包菜上也淋了酱汁，然后瞥了一眼小酒杯，里面只剩不到半杯的啤酒了。

或许我该重新考虑是否要踏入这段姻缘的殿堂。

我和美奈子因工作而结缘。

我是设计事务所的一名商业设计师，美奈子则在一家广告公司负责宣传工作。这么写下来就像十多年前的电视剧里的角色，但是没办法，这就是事实。

不过，当时我们面向社会推出的新商品是一种叫"恰恰恰芝麻盐"的调味品，这一点还挺魔幻的。

美奈子比我大两岁，是东京人。在我的眼里，她是一位目光炯炯有神、五官端正的美人。而我是外地人，又高又瘦，皮肤白皙，同事们都说我是草食系男子。

记得第一次和美奈子谈话的时候，我总觉得她很有外国人的作风。因为她从进屋那一刻开始就挺直腰板，说话也非常直接。

"因为是芝麻盐就设计成黑白两色，是不是太草率了？"

在两人的单独会议中，她突然单刀直入说道。我顿时有些愠怒。作为女人，她就不能用委婉一些的措辞吗？

"我觉得应该着重于体现商品的内容。"

毕竟是被委托设计的一方，我姑且放低姿态说道。

"可要是设计得太平淡，放在超市的货架上就会不显眼，那就本末倒置了。"

没想到她说话毫不留情，我不禁反驳道：

"就算不显眼也没关系，我认为家用调味罐不能喧宾夺主。"

除非是特别讲究的人，不然像这样的混合调味料一般不会换个容器装着用。如果是那种能激起购买欲望的包装，对厨房美观度的破坏是可想而知的。

"举个例子，比如给烤肉酱设计一个红色的包装，放一张极具厚重感的肉的照片，再用毛笔字的字体弄一个大大的商品名，你觉得这样的商品如何？"

"简单明了，吸引人去拿，不是吗？"

听了美奈子的话后，我摇了摇头说道：

"很老土。"

我心里清楚这不过是自己的执着，但就是不想在厨房里摆上这样的包装，这不符合设计师的美学理念。

"如果产品开封后会放进冰箱，那也未尝不可，但这次的商品明显不是这样。如果使用了有碍美观的包装，会出现什么问题？"

我问道。她歪着头，思考起来。

"就会放在抽屉或储物柜里，忘记自己买过这个东西了。"

我说道。

"啊，原来是这样。"

她轻轻地点着头，似乎明白过来。我觉得要说服外行人真是麻烦，不说到这种地步就转不过脑筋。这时，她突然看着我的眼睛，说道：

"但我觉得老土也没关系。"

她到底有没有听进我的话啊。

——当然有关系，问题还很严重好不好！

我在心中大叫，但还是勉强保持笑容说道：

"你为什么会这么想……逊色的包装也无法让人产生购买欲。"

我倒要看她还能怎么反驳。面对我的这一记直球，她却用简单的一句话反击：

"要说为什么，当然是因为让人放心又很方便啊。"

"让人放心？"

"既时尚又具有冲击力的包装确实不错，但相对的，也会制造一种紧张感，消费者无法立刻判断出那是芝麻盐。"

"说得也是……"

我很想说这样的紧张感会让厨房显得井井有条，但她毕竟是甲方，我便把话吞进肚里。

"不过……"

她欲言又止，陷入沉思。看她那副样子，多半又会说些不经大脑的话吧。我一言不发地等着，她随即抬起下巴说道：

"你可别说出去，就我个人而言，芝麻盐这种东西一年也用不上几回。"

"咦？"

"惭愧的是，只有过节吃红豆饭时才会用到，其他时候根本不会特意拿芝麻盐来调味。"

我大吃一惊，直勾勾地看着她的脸。明明是女孩子，甚至看上去还很年轻，居然没怎么用过芝麻盐。

"请问……你平时不吃糙米之类的吗？"

崇尚养生和天然食品的轻食菜谱中，都会默认在杂粮米饭里加入芝麻盐，所以我才坚持使用具有时尚感的包装设计。

她却毫不犹豫地摇了摇头，说道：

"我喜欢白米饭，再有就是红豆饭和糯米饭，不喜欢那种干巴巴的混合饭。"

我着实吃惊不小，虽说这里只有我们两个，但毕竟是她自家公司的产品会议，怎么能说出这种话呢？我无言以对，面前的她像要乘胜追击一般，接着说道：

"如果不是用精米做的饭，我就不会想吃。带杂壳的谷物感觉像喂鸟的饲料，实在是……"

她就像中年大叔一样，害我忍不住笑出声来。

"啊，不好意思。"

我拼命捂住嘴角，却藏不住不断涌现的笑意。真糟糕，在这种商业场合这样笑出来，真是糟糕，可她实在太有趣了。

我瞥了她一眼。她的表情微微有些怒意，脸颊已涨得通红。

"笑出来也没关系……毕竟是我说了不合时宜的话。"

"不，真是抱歉。只是啊，该怎么说呢……"

我又不能直言——她生起气来就像小孩子，稍微有些可爱。

"就觉得你真坦率。"

我用这样无可非议的一句话收场。

"也就是说，希望能表现出产品的诉求。"

她说如果是那种老土明了的包装，就算被收进柜里遗忘了，找起来也很方便，这样的设计就可以了。

"我们想要的就是一目了然的感觉。"

"原来如此，那我往这个方向设计吧。"

我点了点头，承诺会修改设计稿。

一周后，她交叉双手看着摆在眼前的新设计稿。

"我说啊，到底为什么会改成这样？"

"你指什么？"

面对别人努力创作的设计稿，她突然说的是什么话啊。难得之前对她留下了好印象，这下子又回到原点了。

"设计的基准不坏，甚至值得表扬，但是字太小了，老人家会看不清楚，放在厨房里也不好找。我已经说过了，这不符合我们的需求。"

"啊……"

原来是这样。我感到不无遗憾，扯着嘴角笑了笑，没想到连她也无法理解我的设计。

不仅如此，她还一下子说出更不得了的话：

"说句实话，这次的商品设计并不需要发挥你的长处。"

"咦？"

这个女人到底在说什么？我怒目而视，她"啪嗒"一声合上了我的设计稿。

"你是这个事务所里最有才华的设计师，能请到你来设计是我们的荣幸，可是……"

"可是？"

我在桌下握紧了拳头。

"就这次商品而言，个性反而会成为障碍。希望你能采用大众设计，让商品一目了然，请设计成朴素但方便取用的包装。"

她做完以上总结，慢慢地从座位上站起来。

"哈哈，还挺棘手。"

我向事务所的社长汇报情况后，他突然笑着这么说道。

"你确实能设计出好作品，但总有些瞧不起大众特色。她是看穿了这一点吧。"

"我才没有瞧不起……"

那是骗人的，我确实憎恶平庸。这不是理所当然的吗？那种平平无奇、随处可见、满大街都是的设计根本没有意义。

"你就把这件事当成设计师必学的一课，好好消化吧。当甲方提出不同意见时，满足他们的需求也是我们的工作之一。"

"好的……"

我完全无法接受，但既然社长都这么说了，也只能照着办。毕竟我还挺喜欢我们的社长。

他非常善于教导别人，整个人颇显风趣。虽然上了年纪，但他能明白别人的笑点，为人比较随和。

——如果他是我的父亲就好了。

我甚至会这么想。

我对自己的父亲一无所知。

父亲在我懂事之前就因病去世了。

我是由母亲和外祖父母带大的，自然也是由外祖父来承担父亲的角色。由于外祖父年纪大了，我基本没有接触过体育项目或兜风等剧烈的活动，常常在室内玩乐。

不过，外祖父博闻强识，教会了我很多东西，包括绅士礼仪、在公共场合应有的行为举止和美食的品鉴方法。

"鱼比猪肉上乘，又以白身鱼为佳。如果经过油炸，不管是肉还是鱼都会逊色不少。"

我成长于加贺藩（**注：日本江户时代的藩国之一，主城在藩政时代大力发展，留下了瑰丽的传统文化**）的主城金泽市，这座城市盛行茶道，至今依然延续着高雅的和文化。这里秉承日本海的恩惠，有着在日本也数一数二的和菓子店。

受这样的环境影响，我好食口味清淡的高级料理。

明明如此，明明我是这样的人。

"哎呀，我们家光生女儿了，所以我一直很羡慕可以和儿子一起喝酒的人。"

这个预计将成为我岳父的人吃了一大口炸猪排，然后拿起酒杯。

"不过，已经过了可以一起玩传接球游戏的年纪啊。"

他"咕咚咕咚"地喝完啤酒，不经意地看了我一眼。

"咱们……再喝一杯吧。"

我赶紧伸手去拿啤酒罐，他却抢先一步夺过去。

"来吧。"

未来岳父往我的酒杯里倒啤酒，看起来心满意足。

明明我还没喝完，怎么可以中途添酒呢？我可是尽量避免出现这种情况。

"这样也不错。"

"嗯……"

一点也不好。说起来，那身Polo衫也很不讲究，领子还立起来了，真是不可原谅。最让人无法忍受的是，衣服上看似名牌的刺绣居然是错误的标志。

我想起外祖父颇为讲究的和服装扮，和社长那件有些老派又显得俏皮的夏威夷衬衫。外祖父曾说过,一个人的着装会在无意间体现出他的生活和思想,万万不可穿得邋里邋遢。

因此,我实在受不了这身完全没有花心思的装扮。

"怎么了?不快点吃的话就冷掉了。"

好不容易拖着不吃猪排,他却执意让我动筷子,我无奈地挑了一块小的放进嘴里。

我先感受到酥脆的外皮,接着肉汁从中喷出。口中满是油脂,实在恶心。

我并不是讨厌所有的油炸食品,也觉得薄脆清爽的天妇罗很美味(我很喜欢蚕豆和牛尾鱼的天妇罗),用轻裹面衣的炸串来配啤酒也幸福至极(炸白果和炸芦笋可好吃了)。

可炸猪排是用猪油炸的,用生面包粉调成的面衣吸满了油脂,实在不合我的胃口。

面衣太吸油了,就算淋上酱汁和芥黄酱,还是会觉得油腻。

口中还搁着一整块肥肉,实在难以下咽。

"对了,你的家人怎么说?"

"我……我的母亲和外祖父母都希望在金泽市那边举行婚礼。"

因为工作的关系,我们会住在东京,但家人还是希望在金泽市那边办婚礼。

"说得也是,让两位老人家特意过来这边也不太好,还是我们过去吧。"

"感谢您的谅解。"

可能会成为我岳父的这个人心眼不坏。他并不坏，只是……

"不过，那边有大一点的场地举办婚礼吗？"

"有的。"

"不好意思，我不太了解外地，只是不希望女儿穿着寒酸的婚纱出嫁。"

居然把东京之外的地方一刀切叫成外地，老古董的东京人真是没见识。我暗自咒骂道，从包里拿出手册。

"请不用担心，婚纱已经挑了几件美奈子满意的，婚宴则是包了一栋附带庭园的洋房。"

"看来还挺气派呢。"

确实挺气派的，还是按最高标准的配备来安排的，到时看了可别太惊讶。

岳父常常把我当成从外地来东京的乡下人，尽管口头上没有直说，但从言语之中可见一斑。

可要我来说，喜食重口甜辣味的东京人才是邻近东北地区的乡下人。东京本地人毫不讲究，说话肆无忌惮，总是放声大笑，还拍别人的后背，一点也不高雅。

不过，这些放在美奈子的身上，就全成了优点。

经过几次眼看着就要干起架来的会议后，我和美奈子完成了新商品的工作。

一般到这种时候，说句慰劳话就可以结束会面了，美奈子却提议道：

"既然完成到这一步了，就去看看现场吧。"

"咦？"

"就是逛超市呀。你也想知道自己设计的商品会被摆在哪个位置，被什么样的客人买走吧。"

我不明白她的意思，这应该是市场部的工作，和设计人员无关。

因此，我直言道：

"我没有兴趣。"

"什么？"美奈子似乎觉得难以置信，探头看向我的脸。

"怎么……怎么了吗？"

太近了，她凑得太近了，鼻子都快抵到我的鼻尖了，虽然我不觉得反感。

我站在原地一言不发，她大大地叹了一口气。

"就算你再怎么才华横溢，这样也是不行的。"

"你说什么？"

这种话可不能当作没听见。于是我站起身来，直勾勾地盯着她看。她却毫不畏惧，直视我说道：

"包装设计应该向消费者展示商品的优点，或是激起他们的购买欲望吧。"

"咦，对，是这样没错。"

"不管怎么说，都需要直面人心。你的工作就是让人动心、产生动摇，你却对人心毫无兴趣。"

我的脑袋仿佛挨了一拳般醍醐灌顶。

所有艺术都是让人动心的，这是普遍的真理。

没想到会在这种场合听到这样的话。

尽管以拔尖的成绩从美术大学毕了业，我还是无法以艺术为生，便希望至少找一份能活用自己才能的工作，但内心深处一直分裂成两个"我"，一个是没能成为艺术家的"我"，一个是作为艺术家对商业设计嗤之以鼻的"我"。

社长看穿我的内心，扬长避短地任用我，美奈子却一针见血地指出来。

不过，我居然不觉得生气。

"你……"

"什么？"

"你是一个与人为善的人。"

她会毫不犹豫地与人坦诚相对，不惧怕随之而来的冲突，这种直率的地方也是她的闪光点。

"或许吧，我会用善意的眼光看待别人，"美奈子说着露出微笑，"所以并不讨厌你。"

想必就是在这一刻，我坠入了爱河。

　　后来我们四处逛了不同的超市，其间聊了不少私人话题。交往两年后，我向她求了婚。

　　我在夏天的烟花大会上向她告白，身后是升空的烟花，她微笑着点头答应。虽然烟花盖过我的声音，害我不得不重复说三遍，但对我来说，那依然是最浪漫的一幕。

　　在这个幸福至极的夜晚，我们却在回家的路上吵开了。

　　"去喝点东西吧。"

　　向她求婚后不久，我便带她来到事先安排好的酒吧，亲密地并排坐在吧台旁。当酒保询问她要喝点什么时，她出人意料地说出了在我的词典里不会出现的词语。

　　"我想想，那就要最大杯的那种。"

　　"什么？"

　　"去完烟花大会后就觉得口渴了。"

　　她微笑着说道。具有专业服务素养的酒保点了点头，然后从吧台下拿出两个不同的玻璃酒杯，摆在她的面前说道：

　　"这杯是长饮（long drink）的热带鸡尾酒，这杯是不含酒精的软饮料（soft drink）。"

　　她如我期望的那般指向那杯长饮，却开口说道：

　　"这杯不是啤酒吧。"

　　"是的，因为本店只有香槟杯。"

　　我愕然地听着两人的对话，待酒保离去后小声对她说：

"你怎么能这么点单呢？"

"咦，很奇怪吗？"

"当然奇怪，你也太没有常识了。"

难得带她来这么时髦的酒吧，简直白费苦心了。她却毫不示弱，回嘴道：

"还不是你说不要在自动售货机那里买果汁！"

"那是因为……"

我觉得这个酒吧的鸡尾酒非常好喝，干渴的喉咙更能体会到这一点。而且说实话，我不太喜欢在自动售货机买东西的女生，但也不好强加于人，便没有说出口。

"总……总之，那样粗俗的点单方式是不可取的。"

这是外祖父常用来教训我的台词。高雅与否是做选择时的判断基准。

"世界不像善恶之分那么简单，但只要选择高雅的一方，事物便会良性发展。"

他说，借钱是粗鄙的，万万不可为。出轨和脚踏两条船也是如此，但能巧妙地瞒天过海就是优雅的，赌博则无一例外是粗鄙的。

这就是外祖父的道德理念，或者说人生观，甚至已经成了他的口头禅。

比如，棒球和足球哪一项更显高雅？橘子和桃子呢？我和外祖父进行着这种快问快答一般的对话，并乐在其中。我在这样的问答中感觉自己迈入了大人的世界，因而欣喜不已。

她却直接否定了我的话：

"你可不可以舍弃这种将事物划分成三六九等的态度？"

"我只是从常识来判断而已。"

她反驳我的话：

"什么常识？这里是酒吧，客人在这里能按自己的喜好点酒喝，我又不是要了一份拉面。"

"但很难说你的做法是明智的，我感到羞耻。"

听我这么一说后，她从自己的荷包里拿出一个小盒子，放在吧台上。

我吓了一跳。

"要这么说，我就是一个大老粗人。"

"不，我不是这个意思，并没有说你这个人怎么样。"

"如果不是这样，你将一直怀着这份羞耻心到老。还是当作什么都没有发生，以免你追悔莫及吧。"

那个盒子正是我送给她的戒指。

她伸手准备把戒指还给我，我拼命拒绝。

"我不会后悔的。就算再怎么粗俗，我也喜欢你。"

"你说的是什么话，太没礼貌了。"

她不高兴地别过脸去。

"我是说，不管遇到多么高雅的人，我还是喜欢你。"

"这么说也好不到哪里去。"

"我喜欢你。"

她听到这里，总算笑了。

"虽然有些麻烦，但就连有时粗鄙的你我也喜欢。"

"什么啊，真没礼貌。"

她确实是一个表里如一、心直口快的人，说话总是直言不讳，品位又像中年大叔一样，但她的身上仿佛装有滤镜，让这一切都变成闪光点。

就算是刚才她和酒保的对话，也让我感受到纽约郊区的酒吧风情，真是不可思议。

她喝着大杯的热带鸡尾酒，突然像想起什么似的说道：

"如果说世上有粗鄙的高级品，那也有高雅的低级货吧。"

"粗鄙的……高级品？"

"嗯，比如设计得很低俗的名牌货，还有阳奉阴违的做派。"

我多少能理解她的话，那么高雅的低级货又是什么？这么一问后，她稍作思考，然后笑着说道：

"比如不会让人胃胀的炸猪排。"

骗人。

绝对会消化不良。

我配着啤酒咽下炸猪排，半晌过后仍能感觉到它在我的胃里徘徊不去。

——这应该是粗鄙的低级货吧……

之后再吃点药吧。我在钱包里足足放了两包肠胃药，以备不时之需。

因为第一次去美奈子家的时候，我吃了两包肠胃药才缓过来。

因婚事上门拜访的时候，不出所料，我变得紧张万分。

"请把女儿交给我吧"这样的话已经过时，何况美奈子也不是商品，我便说了一句："我想和您的女儿结婚。"

那时被我认定为岳父的那个人，笑着拍了拍我的肩膀说道：

"你还挺风雅的嘛。"

"咦？"

"听说你是一名设计师，我就觉得应该是一个很有情趣的人。"

"呃，不，您过奖了……"

我诚惶诚恐地说道。这个八成将成为我岳父的人转过来，直视我的眼睛说道：

"美奈子是我的骄傲。"

在这一瞬间，我打心底觉得家里有父亲是多么幸福的一件事。在这个人的培育下，美奈子成长为那么正直的一个人。我凝视着眼前的岳父，总觉得有点想哭，甚至想直呼他为父亲。

我将成为这个人的儿子。怀着这样的感慨，我深深地鞠了一躬。

"还请多指教。"

我的岳父，我的父亲露出温和的笑容，不断点头应和。

不过回头一想，我的感动也到此为止了。

"喂，老婆子！美奈子！快拿酒出来干杯，准备好了吗？"

家庭电视剧般的场景就这样拉开了帷幕。实在太老套了，但是为了美奈子，我还是表现得像一位出色的女婿。

"天还早着，就喝啤酒吧。"

岳父拿着开瓶器，不断撬开啤酒瓶的盖子。这时，岳母端来冒着热气的盘子，说道：

"先吃点清淡的配菜垫肚子吧。"

我看了看，有种不祥的预感。

是炸肉串。

——感觉不是很清淡……

一般说到垫肚子都是凉菜或寿司之类的，可大家并没有对炸肉串发表意见。岳父高兴地伸手去拿那瓶中浓酱汁（注：一种较为黏稠的日式调味酱，常用来给油炸食品提味，在日本北部地区比较常见）。

——至少要配伍斯特酱油（注：一种辣味的英式液体调味料，在日本西部地区比较常见）吧。

接着，他又拿起一管芥黄酱挤了一大坨。

——咦，咦，咦?

总觉得这一切都违背了我的品位。

尽管我对此早有心理准备。

举个例子，美奈子做的寿喜烧是非常浓重的甜辣味。

"咦? 可寿喜烧就是甜辣口味的呀。"

"是这样没错，但这个味道也太重了。"

"是不是因为煮得太浓稠了……"

美奈子探头看着锅里。我笑着把鸡蛋递给她。

"这种时候就轮到鸡蛋登场了。"

"啊，也是。"

两人乐呵呵地笑着。寿喜烧像甜蜜的幸福时光一样煮得甘甜黏稠。那时我一边吃着，一边觉得这样也挺好的。

然后就是天妇罗。她做的天妇罗裹着一层厚重的面衣，搭配的蘸汁又非常重口，而且食材用的不是白身鱼，看上去是以大块胡萝卜和洋葱为主的炸什锦。

我想象中的天妇罗是这样的:面糊轻薄但炸得酥脆，最好是搭配鲜美的淡色蘸汁和食盐进食;食材以白身鱼为主，蔬菜天妇罗就用芦笋和蚕豆，炸什锦最好用干贝和鸭儿芹之类的。

不过对家常菜来说，这样的要求未免过高，况且美奈子也说自己不擅长做天妇罗。因此，不管是黏糊糊的炸什锦还是面衣厚重的炸海苔，我都心平气和地接受了。虽然心里不免有些芥蒂，但我不想放在心上，便故意睁一只眼闭一只眼。

继炸肉串之后，又端上来一大盘炸土豆。我看着这种脂肪和碳水化合物的搭配，还没入口便觉得胃难受，这简直是照搬了学生聚餐的菜单。

说到这里我有一个疑问，现在的酒会都爱摆一盘恺撒沙拉，这是为什么？而且里面放的不是罗马生菜，只是常见的那种生菜沙拉。看到上面那层黏糊糊的芝士风味沙拉酱，我总是觉得扫兴。明明是以油炸物为主的沙拉，为什么要加这种调味酱呢？

我想吃白萝卜沙拉，想吃柚子醋拌京水菜，想吃朴蕈泥。

可眼前是堆积如山的油炸物，令人感到不安。

不一会儿，新鲜的泡菜和毛豆端上桌来。我总算松了一口气，正准备动筷子夹黄瓜时，岳父抢先一步往那上面淋了一圈酱油。

"啊。"

我不由得愣住了，面前的岳父又淋了一圈。我收回筷子，默默地夹了很多毛豆。

然而，岳父像要乘胜追击一般，在我的盘子里放了一堆炸肉串。

"哎呀，不要客气，多吃一点。年轻人就该吃肉嘛。"

"非……非常感谢。"

不吃可不行，在这种场合下非吃不可。

我蘸上自己并不喜欢的中浓酱汁和打死也不会买回家的芥黄酱，将炸肉串塞进嘴里。肉是上等肉，真想简单地煮一下或蒸熟，然后蘸着醋酱油吃。

那时是下午三点。

我腾出两个小时的时间，和和气气地坐在一堆怎么吃也不见少的油炸物和浇满酱油的泡菜前。

"不好意思，时间也不早了……"

我觉得是时候收场了，便如此说道。这时，岳父再次抬高嗓门说道：

"喂，老婆子，该做晚饭了。"

"咦？"

我大吃一惊，直到刚才为止我们还在吃大盘大盘的炸肉串和炸土豆，怎么现在就当一切都没发生过了？

——我的身上可没有恢复出厂的装置。

美奈子用充满歉意的眼神看着我。我实在无法拒绝，便假装要上厕所，偷偷吃了肠胃药，还试着跳了跳，却没能促进消化。

我就这样迎来了晚餐，主食居然是黄油煎猪肉。

"难得别人送了我们上好的里脊肉。"

岳母微笑着说道。

为了岳母的声誉，我要在此说明一下，她其实非常擅长烹饪，只是为了迎合丈夫的口味和喜好才张罗这些菜肴。证据就是，之后在餐桌上，她和已经嫁出去的姐姐悄悄地问我：

"我们家吃饭口味重，你会不习惯吧？"

我不禁感到愕然，看来她们并不觉得味道重是理所当然的。也就是说，家里只有准岳父和美奈子是一样的口味。

大盘子里盛满了煎猪肉。肥肉泛着油花，反射着日光灯的光线。

——不过，肉确实是上等肉。

肉只是微微煎过，或许还好下肚。可放进嘴里的一瞬间，我就被击垮了。煎猪肉做成了甜辣口味，味道非常浓重，就像孩提时期外祖母涂在煎年糕上的砂糖酱油。

"哎呀，这样的肥肉真是让人欲罢不能！"

至少也该做成姜烧猪肉吧。我垂头丧气，面前的未来岳父和美奈子狼吞虎咽地把肉塞进嘴里。

"配上土豆沙拉简直是人间美味。"

美奈子说着，将盘子里残留的肉汁浇在了土豆上。又开始吃土豆了！

重口味的一餐过后又是油腻的一顿饭。对于和美奈子结婚这件事，我在这时第一次感到不安。因为我无法认可她口中的"人间美味"。如果每一餐都是这样，未来会如何？

比方说，我会因为不想吃晚餐而选择晚归，两人相处的时间减少，最后选择了离婚。又或者我对饭菜张口就是抱怨，导致两人最终离婚。

我不经意地看向岳母。她直接吃着白米饭配泡菜，没有淋酱汁。

——我也像她一样就好了。

我很想这么说，却无法说服自己。

毕竟那称不上高雅的生活。

晚饭过后，我又服下一包肠胃药。不知是不是因为那是上等肉，第二天并没有想象中的那么痛苦。

然而，这次去她家后我明白了一件事，也因此倍受打击。

美奈子做的菜太重口味了，不合我的胃口。

——听说口味不合的夫妻不会长久。

可我不能就此放弃。再说了，吃得重口不利于身体健康。既然如此，就只能由我来改变美奈子的饮食生活了。

——总觉得一言不合就会吵架……

不过，美奈子并不是固执己见的人。好好沟通的话，她应该会慢慢改变吧，比如把寿喜烧的味道稍微调淡一点，或是用炸瘦肉来代替炸猪排。

可她早已习以为常，几十年如一日地过着重口味的生活。

——我该如何是好？

考虑到对方的立场，既然生活没有起风波，我就该缄口不言。

可今后这样的煎熬还会继续（只考虑到年末年初也是如此），我便很在意两人是否能达成共识。

在未曾预想到的障碍面前，我独自烦恼许久。

不仅是食物喜好和我有差别，岳父的品位也不怎么样，我甚至想将美奈子和岳父区别对待。

我看着他左手上那块彰显名牌的手表，叹了一口气。

"也该走了吧。"

爱吃肥肉的岳父将大部分猪排吃下肚后，对我说道。我正准备拿起吧台旁的账单，他却突然制止我：

"我来付。"

"不用了，太不好意思了。"

"怎么会，毕竟是我约你吃饭的。"

他说着，从小手提包里拿出钱包。

——居然拿着小手提包！

我已经无话可说，百无聊赖地站在那里，等着应该不会成为我岳父的那个人结账。

——要是社长是我的岳父就好了。

他一定不会让我遭遇这样的油炸食品地狱，也不会提着小手提包赴约，更不会叼着牙签走出门去！

下午五点，正值季夏，街上还残留着白天的余温。

"这么晚了，天色还是那么亮，气温也很高啊。"

"是啊。"

总之，今天的苦行算是到头了。我往前走，恨不得早点回家，岳父却突然停下脚步说道：

"要不要吃冰激凌？"

"咦？"

我来不及阻止他，他说完就开门踏入了梦幻般的冰激凌店。

继油腻的主食和啤酒之后又吃冰激凌，这样的组合只会让肚子坏掉。我犹豫再三，最后点了柠檬冰糕。

"哎呀，果然是那样啊。"

岳父舔着看起来就很甜的焦糖巧克力，漫步向前。

"那样是指……"

我询问道，轻轻皱起眉头，想必看上去就像在苦笑吧。

"美奈子呀，说你就像王子一样。"

"王子？"

她从来没有当面和我这么说过。

"像这样和你待在一块，我就明白了。"

没想到会从这位油腻大叔的口中听到那种童话故事般的台词，我不由得感到不安。

"性格淡如水，吃得精致，品位高雅……这样的你和我根本不是一类人。"

听到这里，我恍然大悟。之前我也觉得美奈子和我不是一类人。

如果说美奈子是纽约客，同样的，我只要把岳父当成不同国度的人就好了。

这位父亲有些老古董，最喜欢吃甜甜的肥猪肉，把他想成美国人再合适不过了。如此一来，一切都能想通了。无论是堆积成山的炸土豆还是肉食派的餐桌，抑或是那些豪放的举动，都是因为他是美国人。

"该怎么说呢，虽说年龄差距也是问题，但怎么能长成你这样脸小腿长的呢？"

"不，没那回事……"

要说是美国人，岳父的确腿短了一点，身体也胖了一圈。

"没想到王子殿下会成了我的儿子。"

他舔着冰激凌呢喃道。或许不知所措的不只我一个。

"您想象中的儿子是什么样的？"

"该怎么说呢，总之是会大口吃饭大口喝酒的人吧，待在一块时也能小打小闹。"

与其说是儿子，不如说更像损友吧。说实话，饭量和酒量实在勉强不来，不过——

"小打小闹的话还是可以的。"

我的美国岳父听到这句话后，猛地抬起头来。

"我并不觉得反感。"

"真的吗？"

"是的，不如下次一起做俄罗斯转盘饺子（**注：在一盘饺子里混进包有刺激性调味酱的饺子，是适合家人玩乐的惩罚游戏**）吧。"

我为何会说出这种话？明明苦于和他相处，甚至到了打算重新考虑结婚的地步，没想到把他当成美国人后，我竟会如释重负。

两人慢吞吞地走在傍晚热闹的商店街上。

"我对自己的父亲一无所知。"

"我听美奈子说了，你的母亲真不容易啊。"

"是的，所以我的外祖父母将我奉若至宝。"

"这样啊。"

车站近在眼前，我们骤然放慢了步伐。

"去金泽市的时候，可要好好去拜访二老。"

"好的。"

"至于……什么啊……"

"什么？"

这速度岂止是放慢脚步，都快止步不前了。我总觉得是自己说错话了，却不知道说错了什么。

"我并不讨厌你。"

这是怎么回事，我居然在这时听到了美奈子曾经的台词。不过，岳父又轻轻地摇了摇头，突然看着我说道：

"不对，应该说，我非常喜欢你。"

"呃……"

"谢谢你能成为我的女婿，美奈子就拜托你照顾了。"

所以说啊，我就是讨厌这一点。这些东京本土的美国人总是直接将爱说出口，毫不客气地踏入别人的心房。

我思考了一会儿，拿起手中的柠檬冰糕，开始忘我地啃蛋筒，发出"嘎啦嘎啦"的声响。几秒后我将蛋筒吃得一点不剩，然后用双手支着地，低头说道：

"也请您多多指教了。"

"你……"

路上的人都往这边张望，但我毫不在意。毕竟我是王子，在我想向某个人表示最高的敬意时，何须在乎他人的眼光呢？

我早就明白了。甜味很重的寿喜烧，第二天只要打个鸡蛋进去，就会是最美味的点心；面衣厚重的天妇罗，放到第二天煮一煮就成了人间美味。

而在炸猪排专门店里吃到的炸猪排，味道是分毫不差的好吃；罐装啤酒用的是可回收的包装，也让我很有好感。

进一步说，如今还有人能拿着小手提包上街，那种勇气让我深感佩服；我也喜欢两个大男人毫不犹豫地踏入冰激凌店的气势。

最重要的是，就算完全不是一路人也能接纳对方，那种落落大方的姿态让我心悦诚服。

　　我猛地抬起头来，眼前是岳父的脸。他和我一样高，已经吃完手上的冰激凌。只见他也跪在地上，开口说道：

　　"真是的，怎么能让我做这种事呢？"

　　"我并没有让您这么做呀。"

　　"就算你不说，我也得回礼吧，不然还算是人吗？"

　　我们面面相觑，不约而同地笑了。

　　真是美好的一幕，虽然很老套，但温馨得让人欣慰。

　　这才是男人，这才是父子。我和岳父两人感动彼此，像全力互殴了一顿般心情畅快。如果这里是草丛，我们应该会躺成大字形，笑着滚来滚去吧。

　　这时，头顶突然传来一个声音：

　　"你们两个在这里干什么啊？"

　　是美奈子。

　　"你们一直没有消息，我才很担心出来看看……你们这是在干什么？"

　　美奈子一脸愕然。岳父得意扬扬地坐在地上，骄傲地说道：

　　"这是男人之间的情义，不是你能插手的。"

　　我惊叹不已，他看上去是那么富有男子气概。

　　该轮到后方的我支援了。

　　"没关系，你不必担心，问题自会解决。"

我暗自在心中低语，这场精彩的文化交流打破了高低级之间的屏障。

美奈子俯视着我们，投来冷冰冰的视线。

"你们挡在路中央也太碍事了。"

她说完，像赶小狗一样摆摆手，催促我们站起身。我顿时有点生气，抗议道：

"我们可是为了你才这样的，这是什么态度？"

"就是啊，美奈子。我们都是为了你啊。"

见我们顶嘴，她怒不可遏地盯着我们，甚至诉诸武力。

她用右手抓着我的手，用左手抓住岳父，拉着我们站起来，硬是把我们往防护栏那边推。

"都说了，你们妨碍到别人了，就不能看看周遭的情况吗？"

"咦？"

我们慌张地环顾四周，只见身后的婴儿车和自行车都堵塞在道路上，大家哭笑不得地看着我们。

"非常抱歉！"

"对不起！"

我们低着头道歉，然后慌张地退到宽敞的地方。

"真是的，太丢人了！你们还真是国王和王子的做派呢。"

"国王？"

听到这个陌生的词语后，我们两个感到大惑不解。

"说的就是爸爸呀，总是一副妄自尊大的样子，仿佛全世界都要照他说的去做，所以才叫他国王。"

"什么？"

"哎呀，原来你不知道吗？我还以为你心知肚明。"

"我可不知道，还是第一次听说这种事。"

岳父涨红了脸，脸上充满怒意，我不免有些担心。美奈子却不以为然，继续说道：

"我们和妈妈从以前开始就这么叫你了，你居然毫不知情，也是挺有国王的做派嘛，是吧？"

她在征求我的同意，但以我的立场来说实在很为难。

"咦，这个嘛……"

我不置可否地摇了摇头。岳父没有在意我的态度，这个从体型等各方面来说都很像国王的人依然生气地说道：

"姐妹俩居然在背地里给一家之主起外号，甚至还拉着妈妈入伙，你们是在耍我吗？"

"如烈火中烧"说的就是这种情况吧。坦白说，如果我是当事人，肯定会觉得痛苦。美奈子却似乎习以为常，冷淡地回话道：

"才不是呢，一开始这么叫的可是妈妈。"

"呃。"

就在这一瞬间，岳父整个人变得萎靡。

"居然是她……"

"是呀，我们只是跟着她叫罢了。"

岳父黯然失色，颓丧的心情一目了然。这简直是以下克上。他的天下掌握在别人的手里。

而幕后掌权者就是看似温顺的岳母。

——女人真是了不得。

用泡菜下饭的人暗地里将岳父玩弄于股掌之间。或许为国王准备高热量的重口味三餐只是缓兵之策，是为了趁机筹备暗杀工作。

——女人真是可怕。

等等，美奈子的饮食模式不是和岳父一样吗？也就是说，她可能只是在讨好他罢了。

"不过，'国王'不是和您很相称吗？体态不错，还很有魄力。"

为了让垂头丧气的岳父打起精神来，我开口声援道。美奈子听了，笑着摆了摆手。

"虽然很相称，但原意并非如此。该怎么说呢……要说的话，这就是死心时的咒语吧。"

"死心咒语？"

"对。如果爸爸说了什么无理取闹的话，就可以用'他是国王所以没办法'来解释；看到他打扮古怪，那就是'国王的品位就是和平民不一样'；就算他往泡菜上淋了两回酱油，也是因为'国王比较铺张浪费'……就像这样。"

听了美奈子的话，我这才恍然大悟。原来如此，我的死心咒语是"美国人",而岳母的咒语是"国王"。

美国人的国王一直黯然伤神地待在那里,此时突然像想起什么似的抬起头来。

"等等,我倒是无所谓,但你之前说的'王子'难道也是……"

我愕然地看着美奈子。她慢慢地露出笑容,说道:

"哎呀,被你发现了。"

我总算明白她为何在背地里叫我"王子"了。

我还是重新考虑一下这门婚事吧。

我不知该如何面对美奈子,既想知道"王子"背后的含义,又怕知道后这门婚事就黄了,但还是得一探究竟。

"你告诉我,我为什么是'王子'?"

"原因很简单啊,王子总是高情逸态,看不起粗鄙的人。"

何止是精神萎靡,我就像被击沉的战舰。见状,这次轮到国王匆匆为我说话了:

"我说啊,美奈子,就算是未婚夫,你也不能这么口无遮拦。"

"正因为是未婚夫,我才直说呀。"

"你怎么能这样?"

"你喜欢高级,讨厌粗鄙,更无法接受老土。可反过来说,你的言行举止总是有条有理，保持着高雅的姿态。"

"高雅？"

"对，所以才说你是'王子'。正是这样的你让我有了结婚的念头。对于这一点，你有什么要抗议的吗？"

没有，无可反驳，我举双手投降。

我和岳父这对盟友作为败军头领，臣服于美奈子和岳母之下。

我们三人一起走在稍显昏暗的商店街。美奈子站在我们中间，总觉得我们不像王族，更像是她的随从。

"真是太丢脸了，最近都不敢去那一带了。"

"就是因为你，才显得丢人啊。"

"就是。要是你没有过来，周围的人都会为那感动人心的一幕拍手鼓掌。"

听了岳父的话，美奈子哭笑不得，摇着头说道：

"你们两个还真像啊。"

"咦？"

"什么啊？"

我和岳父异口同声，面面相觑。怎么看我们都不相像，那样也太尴尬了，岳父心里也是这么想的吧。

美奈子说的话却莫名地有说服力：

"你们两个都容易沉迷自我，顾不得周围。这一点实在很像。"

我们一言不发，黯然伤神。

"不过啊，"美奈子看着我们露出微笑，"正因如此，我才明白为什么妈妈选择了爸爸。"

"你是说……"

美奈子悄悄地握住我的手。

"国王和王子都很可爱，不是吗？"

岳父被问倒，假装咳嗽起来。我像王子那般，温柔地握住了美奈子的手。

我的结婚对象是美国人的公主。因为我是王子，所以也算门当户对。

我突然想到这个，便向岳父和美奈子提议道：

"下次尝尝我做的菜吧。"

"哎呀，我们的王子还会下厨吗？真是不错。"

"不，只是准备涮涮锅而已。"

"你做的涮涮锅可好吃了。蔬菜也一层一层地摆在锅里，看着赏心悦目。"

我对设计很执着，自然非常重视外观，所以会用削皮器把胡萝卜和白萝卜削成薄片，在沸水中烫卷。猪肉也会选择品质上乘、口感绝佳的好肉。

不过，这不是重点。

我们就蘸着柚子醋，大口大口地吃下低脂的日式煮猪肉片吧。入口即化的清甜脂肪和多汁爽脆的白萝卜泥，想必我们的婚姻就像这样的饮食组合吧。

尽情吃喝，放声大笑，然后一起生活下去。

为了国王能长命百岁，也为了我心爱的公主，我已经做好拼尽全力削白萝卜的准备。

你喜欢的猪五花

3.Belly

总觉得心情糟透了，但又不想道明这一点，便装得若无其事。不管对方是谁，我都不想被抓住软肋。

"今天过得怎么样啊？"

又不是我的朋友，为什么要问这种问题？

"马马虎虎吧。"

我大概搭错神经了，居然回了话，也是火大。

"马马虎虎呀……"

对方应和着点了点头，向我伸出手来。这个人太烦了，真希望他住嘴，我已经受不了了。

"有好好学习吗？"

请别向我搭话。

"还算可以吧。"

"这样啊，那参加了什么社团活动？"

叽叽喳喳说个没完。

"没有，我一放学就回家了。"

"咦，那你报了补习班吗？"

"没有。"

也该适可而止了。这个人怎么这么迟钝，难道看不出我不想搭理他吗？

"我想想，最近有没有什么爱好？"

"没有。"

我怒气冲冲，甚至不想再开口接话。

一旦不想应和陷入沉默，周围便只剩下剪刀的声响。我假装看着手中的杂志，用余光偷窥镜中的自己，但也看不出改变是好是坏。

说起来，理发时到底该做什么比较好？这是我真实的疑问。

杂志上说，时尚潮人每月会去一次理发店。可我只是迫于学校"头发不得盖过耳朵"的规定，而且去的还是便宜的理发店，这又该如何解释？

母亲给我的钱不多不少。我揣着那张一千日元，坐在常去的那家理发店里。这里既不是美容院也不是旧时的剃头屋，显得有些微妙，也不好说手艺是好是坏，至少不会理出让你大叫出声的糟糕发型，但也不会让你变成时尚潮人。

总之，这就是一家还算凑合但比较老土的店，应该说母亲挑选的东西大多是这样，衣服买的是优衣库和JEANS MATE，巧克力则买布尔本的帆船系列和百奇之类的。

我心里明白，不要多想，顺其自然就是，可有时也会接受不了，想大声抱怨。与其这样，还不如直接剪成爆炸头。该怎么说呢，这种还算过得去的老土感就是罪过，是安于故俗。消失吧。让谁消失呢？是我该消失吧。

这家店甚至不会出现在茶余饭后的谈资中，更让人烦躁的是，这里的店员是话痨。剃头屋那里倒安静不少，但只有一千日元没法剪发。就算可以，那里也太过时了，还是不去为好。

就算是还算凑合的老土发型，只要抹点摩丝或发蜡打理打理就好。可我的条件不允许，都是因为母亲太坏了。

"什么，摩丝？"我向母亲要钱，她随即轻笑着说道，"你起床时头发总是翘得厉害。也对，买点摩丝，变得帅气吧。"

她说着，拿出钞票。我看着她，心情变得阴沉。她仿佛在强调"你不就是想扮酷吗？想变得有魅力吧，不过青春期就是这样的"，最后还以"我真是一位善解人意的母亲"这种良好的自我感觉得意收场。

而我暂时还学不会做人，在这种时候怎么也说不出道谢的话。

"算了，真是的……"

"哎呀，不是必需品吗？"

"都说了，这件事就别提了！"

我落荒而逃般走出家门，来到了这家店。

如果是女生，就算话多一些也可以原谅。要是那个人长得漂亮，应该还挺值得高兴。可是，站在我身后喋喋不休的是一个大叔。尽管穿得像模像样，给人的第一感觉还是大叔，所以我才觉得烦躁。

"现在的初中生都喜欢什么？应该是游戏吧？会看*JUMP*这样的漫画杂志吗？"

唠唠叨叨的，没完没了。

"这个嘛，也会吧。"

"是吗？我也在看那本杂志上的海贼故事。"

我算是知道了，反正就是因为故事很有名，所以大人向小孩子套近乎时都会提到那部漫画。

"挺有趣的。"

在我的心中，这个话题早就结束了。

"就是啊。"

头发扎到我的后脖颈，我在晴天娃娃一般的斗篷里不安分地挪动着。

"我不记得初中时都做过什么了，那时又没有现在的那些游戏，也没有电脑和手机。"

那是石器时代的事吗？我对大叔不感兴趣，而且最不喜欢听到这种"想当年"的论调，反正他们就是觉得"过去真好"，最后总免不了一番说教。

然而，出乎意料的是，这位大叔的故事拐了一个弯。

"对了，要说爱好，最近我爱上了炖肉。"

他是不是闲着没事做，才开始聊这种家常。

"就是炖猪肉块。我买了一口高压锅，便试着做了一下，可好吃了。"

他到底在说什么？

"先将猪五花肉切成合适的大小，然后放进葱和生姜，等入味后开火炖，这样就能做出绵密软烂的炖肉了。"

这个人是不是太闲了，为什么不好好工作？

"将肉放在饭上，用炖肉的汤汁煮鸡蛋什么的，就能做一顿炖菜配饭吃，简直美味至极，无以言表！"

将肉放在饭上倒是挺可行的。

"用筷子就能将炖肉块分开，肥肉的部分真的很爽甜。"

听起来似乎不错。

"不过，挑开半熟的鸡蛋时，黏稠的蛋黄就会流出来！"

"好像很好吃……"

我不禁脱口而出。他听了，激动地回应道：

"就是啊就是啊，真的很好吃，从此不想再去餐馆吃饭了。不过，把炖肉放在拉面里也是人间美味，比如大块软糯的叉烧。真想让你也尝尝啊。"

最后他用理发推子修了一下发际，总算完工了。

"对了，我把菜谱写下来给你吧，等等我。"

我还像晴天娃娃一般围着斗篷，他却放着不管，径直走向柜台。

"给你。拿给你的妈妈，让她做给你吃吧。就算家里没有高压锅，炖久一点也差不多。"

"啊，谢谢。"

这是什么情况？我茫然地看着他递过来的便签，上面并没有写到底要用多少酱油。

我轻轻地将钱往收银台上一放，接着走出店门。

我没有在书店和CD店逗留，回到家中已是晚饭时间。

"你回来啦。哎呀，这不是挺好的吗？"

母亲从厨房里探出头来，轻轻地点了点头。

"和平时又没什么两样。"

"是吗？"

她应和着，又缩回厨房里，根本不在乎我回话与否。

经过卫生间的时候，我照了照镜子，确实剪得挺清爽的。那主要得益于剪完后还抹了一点发蜡，洗完澡后就塌了，真是扫兴。

我打开房间门，哥哥正躺在床上看JUMP。

"你这么早回来啊。"

"今天没有社团活动。"

我踩着梯子爬到上铺，将手机放在枕边。从小我们就住在狭小的公寓里，根本没有私人空间。可是哥哥既聪明又身强体壮，并没有抱怨过。

"哎呀，这周的故事真有趣啊。"

我从上铺探出头来，只见哥哥翻开的是海贼漫画的页面，所以我说啊……

我看到餐桌上的晚饭后大失所望，又是炒五花肉。

"我要开动了。"

哥哥似乎很开心，开始扒着饭往嘴里送。他总是一副饥肠辘辘的样子，而且只要能吃肉就无所谓，真是羡慕他。

老实说，母亲做的炒五花肉并不好吃。薄薄的肉片用火炒得太老了，调味还过咸，用的是市面上的那种烤肉酱。

说起来，母亲根本不会做饭，所以大部分菜肴都会用现成的酱汁或调味料。炸东西时就加炸粉，煮麻婆豆腐就用麻婆豆腐料理包，做日式料理时只要加日本面汁就完事了。

这样的人，就算你把菜谱交到她的手上也无济于事。最重要的是，我们家根本不可能有高压锅这种东西。

"是不是吃坏肚子了？"

看到拿着筷子迟迟不下手的我，母亲疑惑地问道。干脆就坏掉好了，让一切都坏掉吧。

我先回了房间，躺在床上，茫然地看着理发师塞给我的便签。上面写的"五花肉块"是什么？我知道什么是五花肉，但五花肉块是怎么回事，像乐高积木那样的吗？我在脑海里想象大叔堆着猪肉积木的场景，猪肉块黏糊糊又软绵绵的，根本堆不起来。

总觉得有点好笑。

既然知道母亲的厨艺如何，我对便当就毫无期待可言。尽管如此，今天打开便当盒时我还是感到失落，甚至想叹一口气。

"怎么啦，怎么啦？"

朋友探过头来，我便让他看便当。

"烤肉便当吗？看着很好吃呀。"

便当盒里只是把昨天吃剩的炒五花肉盖在饭上而已，并没有其他点心。

"你尝尝嘛。"

我递出便当，朋友毫不客气地夹了一片放进嘴里。一开始他还吃得津津有味，却逐渐露出不对劲的表情。

"怎么说呢，也不算难吃……"

"肉又柴又咸吧。"

朋友听了，喝着水点了点头。

"哎呀，总会有多放盐的时候嘛。"

"一直都是这样的。"

第一眼看上去还不觉得怎么样，但只要试吃一口，就知道在好吃的边界之外，但也没有到能大肆调侃的地步，这种分寸感真是不可原谅。

"可是，有人为你做饭不是挺好的吗？"

我看着朋友，感受到一种精准的挫败感。我并不想扮演好儿子的角色，但总觉得在做人这方面不如人家。

一切都显得我那么像废物，说不定这也是来自遗传的毛病。放学后，我阴沉地走在路上，结果不小心撞到了人。这时的我也有强烈的挫败感。

"对不起。"

我不再看着手机，抬起头来。只见一个女人摔倒在地，连裙子边都卷了起来。

我吓了一跳，觉得情况不妙，说不定害人家受伤了，便想走近看看情况。这时，那个人抬起头来，是一位年纪不小的大妈，身上却散发出香水味。

"是我不对。"

她说着，充满歉意地站起来，整理自己的衣服。她留着一头微卷的长发，穿着下摆蓬松的短裙和中低跟的鞋子。

总觉得她看着像电视剧里常出现的"妈妈"角色。我一边想一边帮忙收拾散落四周的物品。她带着一个超市购物袋，和时髦的装扮不太相称，里面的鸡蛋已经打碎了，看来责任真的在我。

"真的非常抱歉。"

我低头道歉。那个人笑了笑说道：

"没关系，还省了不少工夫呢。"

"咦？"

"今天打算做欧姆蛋（注:法式煎蛋卷，在煎好的蛋饼里加入馅料后制成），所以鸡蛋敲开了是好事。"

就连我这样迟钝的人都察觉到她在顾虑我的感受。我再次低头，她又笑着说道:

"你真是一个好孩子。"

"什么？"

"我还以为现在的孩子都很冷漠呢。"

"你过奖了……"

我呢喃着。那个人像小女生一样微微地摆了摆手，说道:

"再见了。"

"嗯。"

我始终站在原地，看着她离去的背影。

这个女人真是温柔，虽然年纪不小，但让人觉得可爱。

我突然想，要是我的母亲是那样的人，又会如何呢？想必三餐非常好吃，我每天都会期待便当盒里是什么，房间也装修得漂亮，给我买的衣服都很有品位吧。

而我也会有所不同。一切都会往好的方向稍稍改变，我会变得像模像样。

我有多久没有被这么称赞了？上一次还是小学低年级的时候

吧。总之，可以肯定这几年并没有得到这样的评价。

——可我又不是好孩子。

虽是这么想，但我的心情不算坏。因为是那个人说的，所以我才不觉得反感吧。换作别的大人，我就想大吼着"别把我当小朋友"。因为那个人说话那么直截了当，我才觉得有些欣喜。

大人们多数时候都不会直言不讳，总是话中有话，爱粉饰门面，感觉满嘴谎言。

比如父亲问起我的学习情况时，就像在说"学习都交由你妈妈管，不知道她有没有管教好"；母亲问我今天想吃什么，只是因为想菜单很麻烦，交给我来决定就好；而班主任的一句"最近还好吗"其实是一顿特殊的大杂烩，包含了"早上好""午安""放学回家要小心""明天见""可别给我惹麻烦"等诸多内容。

对这些话过于较真，只会让自己感到疲惫。虽是这么说，但我也无法像哥哥那样迟钝。如果能像他那样听什么是什么，我或许会轻松不少，可就是办不到。

"喂，上面的灯泡坏了，你换一下吧。"

母亲把我叫到客厅，桌上放着一个电灯泡。

我心里嫌麻烦，但又觉得反抗她也没有好果子吃，便慢吞吞地搬来椅子。我拆掉布满灰尘的外包装，茫然地思考着，那个女人的家想必一尘不染吧。

"要不要大扫除？"

我将换下来的灯泡递给母亲，如此说道。她似乎不爱听这句话，皱起了眉头。说起来，我还不曾看过母亲穿裙子，她总是穿着长过膝盖的牛仔裤和起毛球的毛衣。同样是女人，怎么会差别这么大？

母亲沉默了一会儿，然后哼着鼻子说道：

"会做的。"

"什么时候？"

我进一步问道。她似乎有些愠怒，噘着嘴说道：

"哎呀，等你哥哥回来再说。"

"什么啊。"

"毕竟他比你高。"

"什么？"

"而且他不像你这么爱抱怨。"

我听了，总觉得有股怪风刮过。

"可他回来时天都黑了，还是算了。"

这说的是什么话，那就不要叫上我了。再说了，我回来得太晚就没关系，换作哥哥就不行吗？我算明白了，反正只要哥哥在就行吧。要是没有生下我就好了，我也不指望有这样的母亲。

我欲言又止，但无法痛快地回话。这反而是火上浇油，让我心中的怒火无法平息。

"烦死了，你这个老太婆！"

我甩了一句狠话，然后径直回屋，不想让她看到我生气的样子。

要是之后她借机嘲笑我，我真的会恨得牙痒痒。

已经受够了。我讨厌这一切，已经到了无可排解的地步。

我躺在双层床窄小的围栏中辗转反侧。

我真是生错了人家。

日子却一成不变，只是自那以后，我常常一有空就想起那个人。我并不是多喜欢那个人，只是会想象着：如果她是我的母亲，生活会是怎么样的？

我们会住在独门独户的房子里，客厅宽敞，摆放着玫瑰花之类的装饰品。放学回家后，那个人会为我泡好红茶，端出自己亲手烤的曲奇饼干或蛋糕。我吃完后回到自己的房间，不需要和哥哥挤在一块。我在房间里摆弄自己专属的电脑，有时打打游戏。

到了晚饭时间，那个人会温柔地敲门，绝对不会突然误闯进来。餐桌上放着欧姆蛋，因为和饭不是很搭，所以还准备了炖牛肉或牛排。哎呀，软烂的炖猪肉也不错。

"肉炖了很久，味道怎么样？"

"那还用说，妈妈做的饭菜永远是最好吃的。"

我这样想象着，感到吃惊不小。竟然会直呼"妈妈"，还说出这种电视剧里才会出现的台词，真是羞耻。

我一个人在屋里感到害臊。这时门突然被推开来，是母亲。

"真是的，要是没事做就去剪头发。"

"进来前先敲门啊！"

我从床上探出头大叫道。我已经忍无可忍了。

"反正你也不会应声，敲了门有什么用？"

"你不试试怎么知道？"

"我就是知道啊。"

倒是说明白啊。我感到一肚子火。

"烦死了，老太婆！"

"又说这种话，我已经听腻了。"

我听了更加火冒三丈。真希望有个人能取代她。

"你那种单调的厨艺，我也吃腻了。"

我跳下床，从母亲的身边经过，走出了房间。

"我把钱放在玄关那里了！"

身后是逼近而来的大喊声。我置若罔闻，一把抓起鞋柜上的一千日元。就在那时，我听到脚下传来一声钝响。

我往下看，只见一辆电车玩具掉在地上，是我和哥哥小时候爱玩的山手线模型。由于像镇纸那样具有一定重量，母亲便放在鞋柜上压东西。

这种东西就随便扔掉吧。

我和哥哥对电车已经不再热衷。我离开了家，不愿再看到它。

总觉得我像强盗一样。

之前我也曾和母亲发生口角，不打招呼就跑出家门。可这次我还拿了钱，便觉得像干了什么坏事，这算什么啊。

我来到理发店附近，总算停下脚步。我没有犹豫就拉开了店门，那一刻感觉自己就像傻瓜。好歹是离家出走，我却乖乖地听母亲的话过来理发，真是莫名其妙。

"欢迎光临。"

我听到的不是之前那个大叔的声音，便准备掉头就走。那一瞬间，我不经意地抬起了头。

"咦？"

那个人就站在那里，身上散发出柔和的香水味。

"你是之前我遇到的那个……"

"咦，不，我……"

"老公，你出来一下。"

她对着身后搭话道，那位大叔随后走了出来。难不成这两个人是夫妻？

"哎呀，欢迎光临。"

大叔看到我后，示意我坐在老位子上。这时，女人突然插话道：

"他不是客人啦，是我在欧姆蛋之日碰到的那个孩子。"

"咦，就是你吗？"

看来女人向大叔提过我的事。我急忙低头道歉：

"不好意思，真的很抱歉。"

大叔似乎吃了一惊，开口说道：

"不必道歉。她可是夸了你一番。"

我听了，稍稍松了一口气，但又觉得有些不快，毕竟她在背地里和大叔谈论我。

我像之前那样坐在椅子上，开始了一贯的剪发历程。我错过了回家的时机，不由得感到垂头丧气，最后还是听母亲的话来到这里，也没想到那个人居然是大叔的妻子。

真是的，要是把这一千日元花在别的地方该多好。

剪完前面的刘海后，大叔看向收银台问道：

"对了，今天的晚饭是吃那个吧？"

"嗯，是呀。"

女人点了点头。大叔随即看向镜中的我，搭话道：

"你接下来有空吗？"

"咦？"

"之前我和你说的炖肉，今天中午之前正好炖上了。我们住得离这里不远，不如去我家吃炖肉吧。"

面对这突如其来的提议，我没能及时反应过来，毕竟心里觉得不该去他家。

然而，就连女人也提议道：

"我刚好值完班，正要回家。我们一起走吧。"

　　我不知该如何回应。大叔用推子理好我的头发后，拍了拍我的后背说道：

　　"要是不想去家里吃，就拿便当盒装一些带回去吧。"

　　"也不是不想去……"

　　"那我可高兴了。"

　　如此这般，我被动地跟着女人走出店门。

　　总觉得有些不对劲，仿佛要一脚踏入想象已久的世界里。

　　我和女人并肩走着。她的个子比我稍高一些，或许我们看起来就像一对母子吧。不过，两人的穿衣品位大相径庭，可能看上去并不是那么回事。

　　"之前真是对不起。"

　　"没有的事。"

　　我看到一家花店，便想到了玫瑰。要是在这里买一束玫瑰花，就可以用它点缀屋子，然后两人一起喝下午茶。

　　可我的钱包里只有零钱，刚才把唯一的一张钞票放在了大叔的店里。我真是一个愚不可及的傻瓜。

　　拐过第二个转角后，我们走进一条稍显昏暗的小巷。

　　"最近我总是想着店里的事发呆。"

　　"是吗？"

　　"我老是冒冒失失的，所以之前才摔倒了。"

　　女人呵呵地笑了。就是这种冒失的地方让我颇有好感，或许可

以用"可爱"来形容吧。比如看着洗干净折好的衣服塌了便惊呼一
声的时候，忘记带换洗衣服就用浴巾裹着身体横穿过客厅的时候。
当然，洗干净的衣服会散发出好闻的气味，睡觉时她也会穿着可爱
的睡衣，无论如何都不会是起毛球的羊毛衫和羊毛裤。

还有，要是某天忘记做便当了，她会匆匆忙忙地跑来学校送便
当。她突然出现在教室门口，同学们会讨论着"那是谁的妈妈呀，
好羡慕啊"之类的话。当我打开便当盒的时候，女孩子也会凑过来，
说着"好厉害呀，下次让你妈妈教我怎么做菜吧"什么的。这样的
情况会是习以为常的风景。

女人三步并作两步走进一栋小公寓。看来独门独栋还是过于不
切实际，住在公寓里才是普通人家的常态。

虽说公寓狭小也在情理之中，但未免太破破烂烂。这栋五层楼
高的公寓里没有电梯，走廊显得有些昏暗，房门已经生锈。女人用
力打开门，发出巨大的声响。她招呼我：

"我马上装好，你先坐一会儿。"

玄关摆放着颇为时髦的鞋子，其中还有高跟鞋。我不由得有些
心动。

穿过玄关后便是客厅，可摆在那里的桌子比我家的还陈旧，屋
子也狭小不少。

更让人意外的是，灯泡没有装在电灯上，放得到处都是。

女人察觉到我的视线后，苦笑着说道：

"你是不是吓了一跳？这里看着很寒酸吧？"

"不会。我帮你把灯泡装上吧。"

这里没有哥哥也没有母亲，没有人会让我心灰意冷。

女人却笑了笑，摇着头说道：

"谢谢你，不过灯泡是故意放在那里的。我们还想开一家分店，所以能省则省。"

"这样啊。"

我的情绪顿时跌落谷底。我明白她所说的情况，就算不是为了省钱，节约用电也是一件有意义的事。可不管是什么原因，我在心理上都无法接受。我坐在一张非常不舒服的椅子上，身体有些瘫软。

"先喝点这个吧。"

女人把一个印有图案的可爱玻璃杯放在桌上，拿出知名厂家生产的瓶装绿茶往里倒。比起我家母亲那味道淡如水的自制麦茶，这个的味道还是比较有保障的。

"只有两个大人过日子还算轻松，但有时也会怀疑这样下去是否没问题。"

脏灰色的厨房像被熏黑过一般，走错片场的华丽短裙下摆摇曳。

"要是有了孩子，生活就会不一样吧。"

我不知道该如何作答，只好盯着桌上看。酱油瓶和芝麻盐瓶上的标签有些脏污。

"住在明亮的房子里，也会用心收拾吧。"

我想回家，但总觉得产生这种想法有些对不住人家。

夕阳照射进来，但没办法照亮房间里的每个角落，反而徒增了阴影。

"让你久等了。"

女人从比我家还小的厨房里走出来，把装着炖肉的便当盒放在我的面前。

"盒子不用还回来，你不用放在心上。"

"非常感谢。"

我轻轻地低头道谢。女人见状，微微笑了。她的脸因为背光藏在阴影里，只是我自顾自地觉得她笑了。

我不想和她对上视线，便抬头张望着上方。天花板上的壁纸粘不牢，已经开裂。这里的一切都显得有些暗淡。

"不过啊，勤俭的生活也不算太坏。正是为了节省煤气费，我们才找到这种美味的食谱。"

我点头称是。女人也点了点头，用有些期待又稍显落寞的声音说道：

"真希望家里能有一个食欲旺盛的男孩子啊。"

我真的不知道该如何回应她。她的话明明那么直截了当，却又不是那么单纯。那听起来只是一个人的自言自语，但又能理解成别有深意。

要是哥哥在这里就好了。换作是他，肯定会说"那我不客气了"，当场拿起炖肉狼吞虎咽。他还会再添一碗饭，让女人欣慰不已。

——他也会直言不讳地说这里很暗吧。

我却办不到，甚至无法装装样子。

"不好意思，我差不多该走了……"

我含糊地小声说道，准备起身离开。就在这时，椅子发出一声怪响，向后倒去。时机真的太差了。

女人似乎吃了一惊，但脸上有些笑意。夕阳开始西沉。

"又一把椅子用到头了。"

我走到外面，此时已是傍晚。我神色凝重，快步穿过有些昏暗的街道，没来由地想对某个人说一句"并没有很暗"。

手上的便利店袋子莫名地有些沉重。

回到家时，晚饭自然已经做好了，灯也好端端地亮着，毕竟我之前换好了灯泡。

我把便利店袋子藏在自己的书桌下，然后走去客厅。和母亲碰面不免有些尴尬，但还好哥哥也在。

可看到餐桌后，我打心底感到失望。

"……怎么又是五花肉啊！"

虽然这次是泡菜炒五花肉，但显然是换汤不换药，哥哥却吃得津津有味。算了，反正只要哥哥觉得好吃就好了，我的感受根本无所谓。

母亲的回话从厨房里传来：

"还不是因为你之前说喜欢吃这个。"

"什么？"

我不明所以，根本不记得自己说过那种话。原本盯着碗里的哥哥抬起头说道：

"我也听你这么说过。"

"咦？"

"那还是你非常小的时候了。当时你刚学习认片假名，只会读'猪五花肉'的'五花'。你开心地觉得，这种肉有着花的名字，非常可爱。"

"真的吗？"

"真的啊。从那以后有好长一段时间，只要去超市就会买猪五花肉。"

真是难以置信，没想到我才是恶食的根源。我呆若木鸡，母亲从厨房里走出来，把一碗热腾腾的味噌汤端到我的面前。

味噌汤还是用调料汤包加味噌制成的，配料是豆腐和葱，老套得令人发指。

"可不只是这样。"

"什么？"

"那时看到电视里的调味料广告，你还吵着要买那个，真是让人不省心。"母亲一边用碗盛饭一边嘟哝道，"不过，还真是可爱啊。"

"呃。"

我不禁脱口而出。母亲对着我大大地叹了一口气，说道：

"我还以为你是一个天才呢，没想到搞错了。"

"什么啊？"

"你三岁就会认片假名，电视节目看过一次就记住了，还会记住很多电车的名称。你的哥哥可不如你。"

哥哥听了母亲的话后，笑着说道："毕竟是铁道迷。"

"我还以为将来会很轻松。"

"对不起……"

日光灯将餐桌照耀得明亮发光。我拿筷子夹起泡菜炒猪肉，放进嘴里。肉还是那么柴，但还好配了泡菜，味道比较好接受。

要说的话，虽然不是很好吃，但也不算难吃。

晚上等哥哥睡了以后，我从书桌下拿出便利店袋子，爬到上铺。

借着手机的光亮，我拿出盒子，小心翼翼地打开来。只见满满一层是白色的肥肉，看来不用担心会洒出来。

我用一次性筷子挖了一块肥肉，底下的褐色肉汁便缓缓渗出。

肉很软烂，但是非常肥腻。成块成块的油脂黏糊糊地缠在舌头和上颚上，感觉很恶心。我转而将鸡蛋塞进嘴里，却堵在喉咙里很难受。

想必趁热吃会比较好吃吧？要是摆好盘端出来，会显得更好吃吧？要是浇在饭上，真的会很好吃吧？

此时此刻，它却只让我觉得痛苦。

我独自在黑暗中，拍着胸口呢喃道：

"水……"

肩膀的负荷（+9）

4.Picnic
Shoulder

盘子里放着玉米。

那不是我自己拿的，只是我刚好坐在负责烤东西的人旁边。对方说趁玉米没烤焦赶紧拿去吃，一点拒绝的机会都不给我，我只好接受他的好意。毕竟不是熟人，不好贸然拒绝。

带棒芯的玉米吃起来麻烦，我不太想吃它。虽说不是一整根，而是切成了三分之一的大小，但啃起来还是费劲。说起来，为什么吃烧烤非要点玉米呢？一边单手拿纸盘和筷子一边咬玉米，难度实在太高了。

这次烧烤规模还不小，不仅设了几张烤网，除了肉和蔬菜之外还有很多食材。在场有很多人，以陌生人居多，比较好开溜，这让我稍微松了一口气。

玉米还会塞牙缝，而且一时半会儿吃不完。我想趁人不注意时放在一旁，但这么大块实在显眼，只好任由它放在盘子里冷掉。

"你不吃吗？"

邻座的人随即问道。我吃了一惊，身体僵住了。我提心吊胆地回过头去，看到一个不认识的年轻男人正露出微笑，但不是在向我搭话。

"啊，是的。"

回话的是一个我同样不认识的年轻女人。男人似乎想缓解气氛，突然平和地问道：

"你不喜欢吃粟米吗？"

明明是玉米，却偏要说成粟米，我暗自有些反感。

"也不是，我挺喜欢粟米味，最爱吃粟米汤和粟米片，只是……"

"只是？"

"我嘴小，没办法拿着一整根啃。"

真是可笑，这是什么理由？明明刚才还啃着大块肉串。我很想出口讽刺，但还是忍住了。

"这样啊，也是不容易。"

不不不，这种时候就该戳穿她。再怎么想搭讪人家，也不该在这时说违心的话。我很想这么劝说，但再次忍住了。

我茫然地看着这如同联谊活动的一幕，同时用余光留意着熟人。

做女人真好。年轻真好。

而既不是女人又不再年轻的大叔，只能无处可逃。

任谁也不会意识到自己已经到了大叔的年纪，至少我就是这样。经历了人生的二十岁、三十岁和四十岁，在四十五岁之前，我一直觉得自己还在年轻人的行列里。可是一过四十五岁，就会感受到身体已经大不如前。

简单来说，就是头发开始变秃，肚子变得松弛，皱纹增多了，连带着视力下降，肩膀也越来越酸痛。

——怎么会这样？

到了某一天，我突然在镜子里看到一个名正言顺的大叔。

老实说，我能隐约感受到自己在变老，但每一个变化都细小琐屑，我便选择视而不见。

腹部只要练一练就会变得紧实；长皱纹是因为晒到太阳了；掉头发也是没办法的事，但还不至于到地中海的地步，就当没有这一回事吧；视力下降是因为老盯着电脑看；肩膀酸痛则是努力工作的证据。

妻子倒没有对我说三道四，不知是太过温柔体贴还是对此漠不关心。

最后将我推向现实的还是孩子们。

"你最近有口臭。"

正在读高中的长女对我说道。

"吃完东西还是刷刷牙吧。"

正在读初中的长男如此说道。不知是不是出于男人之间的情分，总觉得他对我有那么一丝关心。

不过，他别过脸去的举动划清了我们的界限，但我不想承认这一点。

我从来不觉得只有自己不会老去。只是十岁到二十岁的激情岁月过后，我便成了一名公司职员结了婚，总是扮演着"精力充沛的爸爸"这一角色。壮年时期太过漫长，以至于我忘了人生还有下个阶段。

即使忘记了，下一阶段还是会接踵而至。

是我的直属上司让我想起了这些。

"我明年就退休了。"

听了他的话后，我感到有些不知所措。在这间规模不算大的公司里，从我入职以来，上司便对我关照有加。不管是好是坏，我都是以这个人为范本一路成长至今的。

"你还没有到退休年龄吧？"

公司规定六十岁为退休年龄，但我希望能推迟退休，而这个人却想提前离职。

"你也知道最近不景气，要是早些时候，工资至少要多一些。"

"可是……"

在职员工享有保险和社会保障等诸多福利，就算贡献不如从前，也会有固定收入。

"这就是人生的折返点吧，我也有我自己的考虑。"

上司非常能干，不曾犯过什么大错误，而且擅长处理人际关系，在公司之外也有神通广大的人脉，是备受器重的人才。

因此，他不可能是被迫离职的。考虑到这一点，我不由得吃了一惊。

"哎呀，我早晚会告诉你的。"

他拍着我的肩膀。我无话可说，只能点了点头。

我的职业生涯没有经历过大风大浪，在这么不景气的时期实属幸运，不知不觉就走到了今天这一步。

"这是什么奢侈的烦恼啊？"

我和学生时代的朋友说了上司的事，他们都是这么说的：

"像我们公司还在裁员浪潮之中呢。"

"我还经历了离婚。"

"也考虑一下在黑心企业里担任要职的我的感受啊。"

我只能连连点头道歉，承诺不再说这种话。我故意假装要下跪认错，惹得哄堂大笑。

"不过老实说，我能理解人生的折返点。毕竟我爸享年七十岁，而我已经过了七十岁的一大半。"

一位朋友如此说道，在场众人都陷入沉默。

"说得也是。人的平均寿命大概就是七十岁吧，我们真的已经开始往回走了。"

"就像是人生的后半场比赛。"

"太不真实了。"

没错，不管是父母逝世还是自己老去，都太不真实了。

"一旦知道自己在走下坡路，就会不想继续前进。"

不久之前，我才觉得自己正在攀爬人生的高峰。只要不遭受事故和疾病等无妄之灾，努力就能得到回报。然而，知道自己只是一路往下走后，谁还想往前进呢？

"这种时候就想多加防守减少失分呢。前不久我被告知得了糖尿病。"

有一个人呢喃道，于是大家纷纷聊起身体健康的话题。

"我在短期住院综合体检时查出了胃溃疡。"

"你们有闪到腰的经历吗？"

"不不不，尿管结石才是最痛的。"

我很庆幸自己目前没有患上什么不得了的疾病，肩膀酸痛应该是工作的缘故，由此引起的头痛也没有到无法忍受的地步。

只是口腔问题让我有点在意，不仅是口臭，牙齿的间隙也越来越大，每次吃东西都会塞牙缝。

定期做健康检查的时候，我会顺便看看牙医。医生对我说：

"年纪大了就会出现牙龈退缩。"

没想到这也要算在年龄的账上。我不免有些失落。

"不过好好刷牙的话，牙龈还是会恢复正常的。"

我又不是女性职员，而且午饭过后真的有时间刷牙吗？再说了，我们公司的卫生间很狭小，在别人小便的时候站在旁边刷牙，想想就觉得毛骨悚然。我很想这么说，但还是忍住了。忍耐就是中间管理层的工作。

总之先提出一个折中的方案，在外面还是用漱口水吧。这样既不用花多少时间，也可以在厕所单间里漱口。只是牙缝里有异物的老问题还是不能得到解决。

第一次被指出来是在中餐厅聚会的时候。

"你的牙齿上有韭菜。"

我能感受到它塞在牙缝里，卡在那里实在麻烦，便用舌头翻弄了几下，但似乎不仅仅是卡在槽牙里。

"用这个吧。"

同期入职的同事递给我牙签盒，我无奈地取出一根。

以前我总不明白餐桌上为什么要放牙签盒。需要用手拿的食物就串好端上盘，想清洁口腔就去刷牙，这样不是很好吗？再说了，在餐桌上清洁牙齿也有些莫名其妙，毕竟看上去很不卫生，对一起吃饭的人很失礼。

可是，和客户聚餐时也不好起身离开，我只好伸出手来。

我用一只手掩着嘴角，横着牙签迅速地挑出异物，却烦恼于接下来该怎么办，最后还是把脏东西吞了下去。我心里觉得很不卫生，其间想起了我的爷爷。

爷爷会在餐桌上使用牙签，而且一根牙签会重复用一整天，或许是不想铺张浪费吧。在小时候的我看来，这种举止肮脏到令人发指的地步。

没想到如今我的手里也拿着牙签。

我无法好好形容这种心情，就像是越过了自己觉得万万不可逾越的一道防线。我不免有些失落，肩膀也不由得僵住了。

"这次会举行送别会，你也来吧。"

自那之后过了一年，不知不觉就到了上司提前退休的日子。社会人士的一年真的如白驹过隙。

"前段时间已经办过送别会了吧。"

我这么一说后，上司轻轻一笑说道：

"那不能相提并论，这次是我自己办的烧烤派对。反正碰上了五月连休假期，你就空出时间过来嘛。"

"如果是这种情况，我肯定上门参加。"

"饿着肚子来吧。"

他用力拍了一下我的肩膀，大概也是最后一次了。这么一想，我便觉得僵硬的肩膀变得更加沉重了。

实际情况是我肩负重担。在工作交接的过程中，我明白自己并不擅长管理。

在犯错这件事上，我总是宽己律人，也不擅长委婉地指明部下的错误。如果他能有自觉自然最好，但往往时间不等人。最后我总是忍不住发火，把周围的气氛搞僵。

每每这个时候，我的笨拙无用就会暴露无遗。明明对外能顺利周转，对内却不是一回事。

仔细想想，上司在用人方面深得要领，在褒奖和责罚上都是点到为止，和下属之间保持着良好的距离感。更重要的是，他总是坦诚待人。

"谢谢你。"

这么简单的一句话，就让人热血沸腾。

在上司的手下做事，自然而然就能做好自己的工作。失败了，他会尽力挪转乾坤；成功了，他会为我们感到高兴。这么一想，便觉得我的身上背负了很多重担。

正因为有他在，我在对外时才能游刃有余。

可是现在，我的手下却畏缩着，不敢大展身手。

之前不是这样的。我们是一起战斗的同伴，一起欢笑哭泣，团结一心。可那也是因为有上司作为我们的后盾。

如今这个位置不是我靠实力坐上来的。

事实是因为他不在，我才硬着头皮顶上来。我倒不是多愿意顶替他，只是实在没办法。

我也是一个心直口快的人，反正不喜欢说谎，不管是自己撒谎还是别人编造谎言，都觉得不可原谅。也有人说我不懂得变通，但从长远来看，我还是相信要以正直为重。就算用谎言一时蒙混过关，总有一天也会遭到报应，世事大多如此。

我没办法只做表面功夫，扮演好善解人意的上司角色，但又想维持之前的关系，便决定先准备一个饭局。大家同吃一锅饭，要是能进一步举杯共饮，应该就能团结一心吧。

"想吃什么？"

我多少想象过在小酒馆或精致的烤肉店里聚餐，毕竟有女孩子在，总不能选一些脏兮兮的地方。可出乎意料的是，最后他们决定去吃烤杂碎。

"衣服会沾上味道吧，没关系吗？"

"没事。"

听他们这么一说后，我便着手预约聚餐的店。或许最近流行吃烤杂碎吧，就像以前杂碎火锅也曾突然风靡一时。

最后在他们所说的那家店里聚了餐，大家都很开心。

"我对杂碎有很高的要求。"

"我可是肉食系女子。"

他们这样说着，熟练地按部位下单。虽然不讨厌吃杂碎，但我还是第一次来这种专门吃烤杂碎的店。我若无其事地看了看菜单，内心却受到了冲击。

菜单上除了杂碎之外别无他物。

难道不该有点别的什么吗？我来回看了看店里的墙壁，上面也没有别的菜单。杂碎不好嚼烂，对牙齿不太好。我想点一些比较嫩的肉，但这里只做杂碎的烧烤。我无奈地夹着毛豆和泡菜，这时有人问我怎么不吃东西。

"也没有啦，今天主要是犒劳你们。"

"那怎么行？应该把最好吃的部位留给我们的赞助商嘛！"

我的盘子里随即装满杂碎。

从烤网上拿下来的猪大肠还在滋滋作响，油脂不断翻滚。蘸上味道浓重的酱汁后放入口中，能感受到脂肪的甘美。

"怎么了？"

"嗯，很好吃。"

听到我的回答后，小伙子顿时神采奕奕地说道：

"那我给您烤这里的招牌组合，您试试看。"

我听了，只是露出年长者常有的苦笑，感到很为难。

"我也到了担心健康问题的年纪，还是不要吃太油腻为好。"

虽然不想说谎，但我还是编造了理由，心中又觉得有些失落。

大家却说道：

"这说的是什么话？您还没到那个岁数呢，看着也年轻。"

"没有的事。"

我都已经在走下坡路了。

我露出笑容，悄悄地动着嘴巴，却怎么也咬不断。

"又烤好一波啦，大家趁热吃！"

盘子里又被盛上一堆杂碎。我不知该如何是好，又不好意思说自己想吃别的。再说了，我可不愿意破坏现在这种欢乐的气氛，那就和不能惹恼客户是一个道理。

橡胶般的块状物还躺在口中，不知道该何时下咽。口中已经味同嚼蜡，却不觉得量在减少。烤杂碎原来是这样的吗？

"哎呀，都冷掉了。"

尽管嘴里含着没吃完的，但人家都这么说了，我也只能动筷子。

我一边拼命抑制嘴里发出的咀嚼声，一边帮腔附和："吧唧吧唧，是这样吗？""吧唧吧唧，那家伙还真是奇怪。""吧唧吧唧，哈哈，那还真是不得了。"

"又烤好啦，大块的给您。"

橡胶般的肉块挤在舌头上，堆在槽牙里。我的嘴巴再也放不下食物，也无法开口说话了。

"您可是主办聚餐的人，怎么能不多吃一点？"

"啊，啊啊……"

明明口中净是柔韧的东西，我的身体却变得僵硬。我不知所措，虽然想吐但要忍住，否则就是承认自己的确老了。

由于咀嚼过度，牙齿变得越发疼痛。头痛也随之而来，不知是不是因为没有吃下酒菜垫肚就狂喝不停。因为口中塞满东西，说起话来也变得口齿不清。

我心想干脆去厕所偷偷地吐出来算了，于是从座位上站起身来。

"怎么了？"

"我去一下厕所……"

我对邻座的人说道，这时口中的食物掉了一些出来。

颇有韧劲的白色东西碰巧掉在那个人的小盘子里。

"呃。"

"天哪。"

一个女孩看到后似乎觉得恶心，捂住了嘴。

"对……对不起。"

我慌张地用手从小盘子里抓起那块东西，一心只想快点把它藏起来，却不知道藏到哪里好。

于是，我不由得把它塞回自己的嘴里。

不想去上班——从进公司以来多少会有这种想法。

然而，真的因此请了假，这还是头一回。

我打电话说肩膀酸痛导致出现严重头痛，然后把自己关在卧室里。我没有撒谎，确实有点头痛，并没有装病。心里增加的那点小小罪恶感，让我全身变得无力。

我不想和谁碰面，甚至不想走出房门，干脆一不做二不休来个短暂假期吧，反正还有带薪假。就在我这么想的时候，枕边的手机传来收到邮件的提示音。

"今天辛苦了。很抱歉有件急事要麻烦你，后天能帮我一起采购吗？"

是我的前上司发来的。我完全把他的退休纪念派对抛在脑后了。

我带着阴沉的心情，按着老古董手机的键盘打字——

"好的。"

他一直觉得像我这样只说明了要点的邮件很不亲切，总是嗤之以鼻。

"你发的邮件总是像军人那样，就不能稍微加工一下吗？"

"商务邮件不需要私人感情。"

我答道。他苦笑着，但还是给我回了一封充满温情的邮件，里面提到了出差地推荐的住宿和酒馆，还有街上的有趣见闻。就算打开邮件看了看，我还是不明白他想说什么。

或许我欠缺的就是这份人情味吧。

我愈加头痛欲裂，便吃了止痛药，然后倒头就睡。

多待上一天后，我更加没有出门的勇气。虽是这么说，但在家里也无事可做。孩子们要去上学，妻子毕竟要做家务，也忙于自己的交际。我在卧室里辗转反侧，总觉得自己成了靠养老金过活的老人家。

以这样的心情怎么能去烧烤？现在的我绝不可能在明亮的天空下情绪高涨。

我不想去，我不想去。快点下雨吧，刮台风吧，让洪水暴发吧。

我明白这么想也无济于事，但还是忍不住向天祈祷。

我沮丧地吃着早饭。凉拌菜里的芝麻塞在牙缝里，我感到不适，便用舌头探了探。见状，女儿嫌弃似的说道：

"你就不能去卫生间里弄吗？"

我甚至不想反驳她。想必前天他们也是这么看我的吧。

"抱歉……"

我老老实实地走向卫生间，全家人像看着可怜虫一般看着我。

我漱了漱口，看着镜子，觉得里面的人是那么陌生。岂止到了大叔的年纪，镜子里的这张脸离老爷爷只有一步之遥。太沧桑了，怎么会这么沧桑呢？可我今后还会变得更加沧桑吧。

皱纹会增多，头发会秃掉，牙齿会掉光。吃饭时总塞牙缝，出门会摔倒，在家又无事可做。

我不想老去。

总觉得那样一来，我便无处可逃。

讽刺的是，外面晴空万里。我在酒坊取了货，然后去超市和采购组会合。我很庆幸都是不认识的人。

我们一边照着清单拿商品，一边自然而然地谈起上司。毕竟只有这个共同话题，聊起天来也水到渠成。

"说起来，今天他的夫人没有来呢。"

有人若无其事地说了一句。我疑惑地问道：

"是生病了吗？"

对方稍显吃惊，压低声音说道：

"你不知道吗？他已经离婚了。"

"咦？"

"他离职的同时也经历了晚年离婚。邀请邮件上有写，所以我就说了。"

真是出人意料。像他那么擅长与人交往的人，居然会离婚。

我曾经在公司活动中见过一次他的夫人。她看上去就是普通的家庭主妇，两人相处得似乎不错，所以我不太明白他为什么会离婚。

"接下来的话就不该说了，离婚的原因好像在他身上，听说在外面有了女人。"

怎么可能？像他那么诚实的人不可能做出这种事。我打断那个人的话，用低沉的声音说道：

"不要对他人的隐私妄加揣测。"

对方顿时充满怒意地盯着我，然后轻轻地摇头说道：

"你直接问他就知道了。"

我带着货品走向河岸。拿着瓦楞纸箱的手在不停颤抖，我想说服自己那不是因为上了年纪。一想到以前搬这点东西完全没问题，我也不由得心生厌恶。

然而，放下箱子的那一刻，我感受到腰痛。

"辛苦啦。抱歉啊，突然拜托你做这种事。"

前上司走了过来，我拼命地挤出笑容。

"不会，这么一点小事没关系。话说，这里还真是热闹啊。"

一眼望去，河岸上至少有五十个人。

"还好吧，大家都抽空过来，我也感到荣幸。"

"这是你的人格魅力使然。"

我真心这么认为。而在我离职的时候，绝对不会有这样的盛况。

这样的人绝对不会出轨。

"这是我迟来的心意，感谢你今天邀请我。"

我拿出苏格兰威士忌，还是他钟爱的牌子。他似乎有些惊讶，说道：

"你怎么知道我喜欢这个？"

"因为你去酒吧时都会喝这个。"

"可我和你去酒吧也不过几次吧？"

我们平时确实去小酒馆比较多，但完成重要工作后，他总会约我去酒吧，并且一定会点这种苏格兰威士忌。听了我的解释后，他沉默地看着酒瓶。

"真是的，你这个人啊……"

"我搞错了吗？还以为你喜欢这个呢。"

"傻瓜，正合我的心意。对我来说，这种酒是特别的。"

他说着，拍了拍我的后背。

总觉得腰也没那么痛了。

不过，当三天前的那批人又出现在面前时，我还是有些消沉。而且放在我盘子里的是带棒芯的玉米，吃这样的东西又会重蹈覆辙了。要说的话，坐在烤网边已经是非常不幸的事了。

我若无其事地避开下属，来到另一张烤网前，拉开距离观察情况。有几个人注意到我，但没有明显地说悄悄话或摆出露骨的态度，或许是身在职场懂得保有情面吧。这群家伙真不赖。

虽说如此，但我根本不想走近他们，只能尽量不引人注目。我站在烤网附近，想装出忙于吃东西的样子，却不知道该拿点什么。

肉类有牛肉和鸡肉，但嚼不嚼得动都不好说。大多数蔬菜看着挺好搞定的，但也有玉米这样的伏兵。烤网上还有一些用锡纸和小锅装着的食物，但不清楚里面究竟是什么。我只好拿了德式香肠、茄子等看起来好嚼的东西。

我也到了吃东西时更关心软硬而不是食欲的年纪，不由得沉浸在自嘲的情绪里。这时，邻座有人向我搭话道：

"对了，您的肩膀还好吗？"

"咦？"

问话的是我的一名女下属，不知道她何时走了过来。

"您很少连请两天假呢。"

"啊，那个啊……"

我满腹疑惑，但还是点了点头。只听她呢喃道：

"像我爸那样，要是得了肩周炎放着不管，就会生大病。"

"这样啊，令尊现在身体好点了吗？"

"好多了，也请您多注意身体。"

她低下了头，两人之间的距离自然拉开了。我不愿提及之前的事，只是愣愣地发着呆。这时，上次给我夹杂碎的家伙递给我一件东西。

"请您吃吃看这个。"

"咦？"

他拿给我的是刚才放在烤网上的小锅，只有手掌那般大小。我打开锅盖，里面看着像炖肉。

"这个是味噌炖猪肉，从昨天开始煮的，所以炖得很软烂。"

"从昨天开始……这是你做的吗？"

"对，但只是简单炖一炖而已。"

"谢谢。"

我拿过有些分量的小锅，诚惶诚恐地从里面舀出一勺。里面放的应该是黏稠的八丁味噌。肉块入口即化，无须多加咀嚼。经过长时间炖煮的猪肉有着和西式炖牛肉相似的味道。

"嗯，很好吃。"

我微笑着说道。他听了，又拿来一个锅。

"太好了，那就多吃点。"

"这是怎么回事？"

"不是说'吃什么补什么'吗？"

我感到疑惑不解，只见他指着我的肩膀说道：

"这个是猪肩肉。"

在上司的面前，就算频出丑态我也不觉得尴尬，因为我真的信任他。就算我犯了错，只要情有可原，他都会表示理解。如果我做了蠢事，他也会一笑而过。我原本是这么认为的。

可我不喜欢在下属的面前出丑，这意味着我不信任他们。我会疑神疑鬼，害怕被他们说坏话和嘲弄，于是绷紧肩膀保持着警惕。

我的下属却体贴地向我搭话，给我带了亲手做的菜肴。这样的心意，我务必要好好放在心上。

折磨我的不是别人，正是我自己。

我真是傻瓜。

我不由得低下头，这时上司走过来说道：

"哎呀，听说这家伙前阵子把吐出来的杂碎又吃进去了？"

他突然踩中我的地雷。小伙子尴尬地笑着说道：

"哎呀，关于这件事嘛，该怎么说呢……"

我很感谢他为我说话。我把小锅里剩下的炖肉一扫而光，看着上司说道：

"是啊，因为那个像橡皮筋一样怎么都咬不断，不小心就发生了那种事。"

"哈哈，真是丢人啊。"

他非常坦诚地一笑了之。小伙子却认真地说道：

"不是这样的，那里的烤杂碎真的太难嚼了。"

"是吗？"

"是啊，我们也是硬着头皮吞下去的。"

我知道他在说谎，但还是有些欣喜。于是，我面向上司，笑着说道：

"我也是一个幸运儿吧。"

他听了大笑，用力拍着我的肩膀说道：

"我的优秀下属也成了一名好领导啊。"

"我们可是担心坏了。"

小伙子说道。上司听了，不明所以地问：

"担心？这家伙工作起来，应该没什么可担心的吧。"

"工作倒不用担心，但是他认真过头都撑不住了，害我们可担心了。"

"喂，我……"

我才开口，他就用手制止我说道：

"请不要再一个人扛重担了。虽然我们不算可靠，但会好好辅佐您。"

"什……"

这说的是什么话啊。还说辅佐我什么的，说得好像我已经上了年纪。

好不容易能像这样开着玩笑了。我表情扭曲，总觉得想哭。

小伙子离开后，上司叹着气说道：

"属于你的时代来临了吗……"

"你在说什么呢……"

"你总是心直口快，一点也不会撒谎。现在，他们就站在这样的你身后，肯定会变成一个出色的团队吧。"

我听了他的话，不由得点了点头。

"一定会培养成出色的团队给你看。"

我用手拿着玉米，大口咬下。不出意外，玉米粒塞在牙缝里，但我已经不想再说谎了。

"不知是不是上了年纪的缘故，最近牙齿也不太好了。"

"喂喂，我可是比你年纪大，在我的面前好意思说这个？"

"你干的那件事，不是挺年少轻狂的吗？"

我如此答道。他随即板着脸说道：

"你会看不起我吗？"

"也不会，我都不了解情况。"

我望着河面，蠕动舌头找着玉米皮。

"是一个非常年轻的女孩，比我的妻子还小一轮。"

"是吗？"

"在工作的地方认识的，我们在互发邮件推荐好店的过程中变成了那种关系，不过维持了好长一段时间，应该有三年了。"

我听了大吃一惊。我们一直是同事，我却从来没有发觉。

"夫人不知道这件事吗？"

"还好，毕竟我比较精明。"

可事到如今，不仅是妻子，连亲戚们也对他倍加指责，他一刻也安不下心来。他笑着咬了一口肉，说道：

"提前退休拿到的体恤金也全成了给妻子的补偿费，我真是傻瓜啊。"

"也是。"

"可我现在觉得豁然开朗。我并没有逞强，感觉人生好像推倒重来了一般，我又站在了新的起点。"

"人生重来"——这个词听着新鲜，而且充满诱惑。

我甚至心想，或许人生的折返点前方并不是下坡路。我想抛弃一切，去远方来一场旅行。

如今我站在人生的哪个节点上呢？

我回到家后坐在餐桌旁。桌上摆着几盘咖喱，里面不知为何放的是猪肉，总觉得有些不对劲。今天一整天都在吃猪肉。

今天是休息日，一家人都到齐了。这样的日子也不多了。

儿子吃着咖喱，兴奋地说道：

"今天的咖喱超好吃。"

妻子听了，得意地说道：

"今天可是用高压锅煮的。"

猪肉确实入口即化，鲜嫩入味。就算不用牙齿咀嚼，肉也绵软易散，和我刚才吃的炖猪肉有异曲同工之妙。

"这个难道是猪肩肉？"

我询问道。妻子睁大眼睛，惊讶地说道：

"你什么时候变得像美食家那样懂行了？"

"也没有啦，只是……"

"你说对了。好吃吗？"

被这么一问，我便坦诚地点头说道：

"非常好吃。肉很嫩滑，容易咀嚼。"

女儿有意无意地看向我这边。

"哎呀，不过我还是想吃大块大块的肉，没有炸猪排之类的吗？"

儿子这么问道。女儿随即插话道：

"你这个肉食动物，按你的要求，每日三餐都会变成一样的了，那样可不行。"

"可是肉很好吃啊。"

"都说了，你说这种话太不经大脑了。"

儿子在口舌之争上从来没有赢过女儿。我有点同情他。

"那明天就吃大块大块的肉吧。"妻子说道，然后不明所以地对着女儿笑，"你知道吗？今天吃这种咖喱还是她提议的。"

"怎么回事？"

"她为昨天的事感到抱歉，就问我能不能做点好嚼的食物，但又说不能太像老人家吃的。"

"啊……"

我点了点头。妻子盯着勺子里的咖喱，呢喃道：

"你知道吗？猪肩肉是猪身上运动量最多的部位。"

"是吗？"

"猪的肩膀结实多筋，就像你一样。"

"什么啊？"

"不过只要经过炖煮，猪肩肉就会变得绵软，花点工夫也是值得的。"

"说的什么话啊……"

我的脸渐渐涨得通红，就当是吃得太辣吧。可不争气的是，我还憋得流了汗。

两天后，我听下属的建议去看了医生，确诊了病名。

"你得了四十肩（注:随着年龄增长产生的肩膀疼痛,指肩关节周围发炎的症状）。"

"什么？"

"过段时间就会好了。给你开点药湿敷一下。"

我听了，忍不住放声大笑。没想到我会在四十五岁之后患上四十肩，是不是有点晚了。

一旦上了年纪，人就会注意到迄今为止不曾察觉到的事。或许并非全是好事，我却不由得有些期待。只要怀有这种心情，人生何时都能重新开始吧。

　　可我要继续往前进，也相信这样走下去就好。

　　那么，我也该去工作了。

鱼的里脊

5.Fillet

我希望和她发生点什么。

表明这个意思后，眼前的女孩笑着说道：

"什么啊，真有趣。这样吧，你再说一些有趣的事，我就考虑看看。"

趣事？经常有人会这么说，但没有什么比说趣事更难的了。这就好比你正要做饭，结果别人叫你做点好吃的，实在是为难人。毕竟这样的要求太笼统了，应该把目标说得具体一点。

"需要话题吗？那聊聊家庭吧。"

家庭？为什么要在这种时候聊家庭？好不容易涌上的兴致又颓然退去。

"因为我对你不是很了解。"

"嗯。"

说得也是，毕竟我们今天才有了第一次交谈。

这也是常有的事。酒会结束后一般会去续摊，到了第三摊时人数已经锐减。我总算坐到了你的旁边，开始聊天。这时，有人说今天到此就散场了。

马上就到末班车的时间了，接下来的选择无非就是这几种：要么通宵唱卡拉OK，要么找一家二十四小时营业的店喝茶，实在不行还可以单独去网吧。学长学姐们大多还是选择了卡拉OK。

我有些犹豫，一起去卡拉OK比较划算，但也有人要去喝茶。我站在人行道上，不知道该如何选择。

说实话，其实我根本没有心思考虑。

那是因为，你竟然就站在我的身边。

说起来，你似乎原本没有打算过来。我在酒会上听说你没有来参加，心里便大失所望。没想到第一摊中途你突然出现，还趁机喝了不少酒。

"哎呀，接下来该怎么办？"

我假装出于礼貌询问你，语气像随口过问。

"怎么办呢？"你没有回答我，而且不知为何没有看向我，而是看着远处，"你要去哪里？"

"啊……我去哪里都可以，不过肚子有点饿，想去可以吃东西的地方。"

毕竟酒会上的大盘菜肴分到每个人的碗里后少之又少。我只吃了一块比萨、一小盘意面和沙拉，根本填不饱肚子。

"你饿了啊。"

我刚刚不是说了吗？然而，你不知为何还是望着远处，直接开口问我：

"你要吃比萨风味的西红柿酱煮猪里脊吗？"

"什么？"

比萨风味……西红柿酱……煮猪里脊？总觉得听起来像一串咒语，不知道那究竟是什么东西，也不知道味道如何。

"不吃吗……"

"吃。"

我条件反射地应了一句。心里的小精灵告诉我，不管那是什么料理，此时此刻都要点头答应。不过，其实我只是凭直觉认为不该逃避。

你终于看向我，就像看着什么稀奇的事物一样。

"那我们走吧。"

你快步往前走去，就算路上遇到正在絮絮叨叨的酒会同伴，也不出声打招呼。

"请问……"

我想问你是不是应该和他们打声招呼，张口欲言之际又陷入沉思。没有人会在意我们两个，也不会有人在我们身后嚼舌根。

那就这样吧。

我以为你要带我去附近的某家店，那一长串菜名可能是那里的招牌菜。

你却若无其事地拿出交通卡，通过了检票口。

在到达目的地之前，我曾有不下二十次想开口询问去哪里，但始终没有说话。总觉得一旦问出口，魔法就会失效，而你会和我分道扬镳。

什么魔法啊精灵啊，我的脑子里光想着天花乱坠的事情。可老实说，这样的时刻不知该用什么词语来形容。

坐电车的时候，我偷看你的侧颜，还有你那抓着吊环的手。你的手腕从短袖里露出来，内侧显得非常白皙。

坐了两站后换乘，之后我们又坐了两站，在一个没有繁华街道的地方下了车。

我很想问你是不是要去那种藏在小巷里的店，但还是将话吞了回去。

你毫不犹豫地疾步向前。我慌张地跟上去，内心不知所措。

然后，我们终于到了。我又不长进地想，像这样隐蔽地开在单身公寓的单间里，会不会是熟人的店？

你却若无其事地从包里拿出钥匙，泰然自若地脱下鞋子，既没有和店家打招呼，也没有过问今天是否营业。

看来是家里有厨艺很好的人吧。可能是爱好做饭的男朋友、朋友或家人，希望让别人尝尝自己的出品，便对你说道：

"哎呀，今天做的猪里脊超好吃！可是煮太多了，你带个人回来一起吃吧，最好是食欲旺盛的年轻学弟。"

这时，我就出现了。我就是天选之子。

可是，这里不像有人在家的样子，电灯也是我们进来以后才打开的。

"随便坐。"

这样的台词并不陌生，电视剧里经常出现。

"对了，要是想洗手，就去左边的那扇门。"

"好。"

说得也是。从外面回到家里，第一件事就是要洗手漱口。

不对，这不是重点！

虽然毫无意义可言，但我还是一件不落地做了。

我看到你的毛巾是印花的，浴帘是绿色的，不知道里面是不是放着洗发水。你会用什么牌子的洗发水呢？

不对，这不是重点！

我还是出去吧，以免变得像变态一样。接下来应该找个地方随便坐坐，我便小心翼翼地在一张小桌子旁坐下。

"要喝点什么？"

"这个嘛……"

"有红茶、咖啡、水和日本茶，酒类的话只有红酒。"

现在的气氛比较适合喝红酒，但第一次上门就突然喝酒，未免有些不对劲。

"我自己想喝点红酒。"

"这样啊，那我也要红酒。"

太好了，这下子有了好兆头。随后我看到了装着红酒的茶杯，不由得愣在原地。要是用这种杯子喝酒，就没有两人碰杯共饮的情调了。

我看着眼前的茶杯，一股香气扑鼻而来。

"煮好了。"

你将一个盘子放在我的眼前，那似乎就是传说中的西红柿酱煮菜。盖在上面是溶化的芝士和青椒，挺有比萨的风味，看着让人垂涎欲滴。

"那我开动了。"

我的爷爷曾经说过："不要想太多，尽管吃吧。很好吃的，放开吃吧。"

我不曾吃过这种东西，但还是决定放开去吃。

之前好像说里面放了猪肉，或许是因为煮透了，肉非常软烂。西红柿的味道也渗入其中，芝士又溶化得恰到好处。

"太好吃了。"

你听了，歪着脑袋说：

"是吗？"

"嗯，真的很好吃。"

"这样啊，那就好。"

你说着，第一次露出了笑容。

好可爱。尽管年纪比我大，我却觉得你非常可爱。要说起来，我就是因为你的笑容才加入了社团。

是的，我从一开始就对你一见钟情。

那并不是以男女关系为目的的团体，而是普通的、轻松的运动社团。在新生欢迎季被叫住后，我就这样加入了你所在的社团。

那时你站在宣传板前方，留着一头淡棕色的齐肩长发，前方的齐刘海有些吓人，但一双眼睛十分可爱。

你穿的衣服层层叠叠，袖子和胸襟处缀有花边，下身穿着短裙裤，由于看着像迷你裙，总觉得在欺骗人，不过很适合你。

"有很多人只是报了名，你要不要也加入试试？"

"好的，我加入。"

虽然不知道要加入的是什么团体，但我还是点头答应了。

你听了露出笑容，说道：

"真稀奇，立马就答应了。"

那样的你非常可爱。

那时的我突然心花乱颤，就像身处樱花漫天飞舞的漫画场景一样。仿佛丘比特的箭射中了我的心脏，我才知道这就是所谓的心动。

总之，我的春天来了，我就这样加入了社团。

之后我才知道，你是大三的学姐，而且不爱出席社团活动。你的口头禅是"需要我就去"，经常在活动时间过半后才出现。

总觉得你是一个很不靠谱的人，但我喜欢你的长相，所以对我来说，这一点无所谓。总之，你能来我觉得很幸运，不来的话我会感到遗憾。

而现在，幸运之神就坐在我的旁边。你用一只手拿着装红酒的茶杯，问我好不好吃。

——我幸福得快死掉了。

我来到了你住的地方，还吃了你亲手做的菜肴。马上就要到末班车的时间了，而你又是一个人住，这里没有其他人，何况你的脸颊还微微泛红。

我真的快死掉了吧。

如果我要死了，这将会是我最后的晚餐。这么一想后，我便开始狼吞虎咽。你问我是否要再来一盘，我便用力地点了点头。吃完第二盘后，你又问了同样的问题。我心想反正都要死了，不如尽情吃吧。

你看着我，一开始只是茫然发呆。在我快吃完第二盘的时候，你目不转睛地盯着我看。当我吃到最后一盘时，你早已是泫然欲泣的神情。

就像关西话说的，这时候不吃光还算什么男人。

不过我其实是关东人，爷爷是关西人，母亲的老家则在北海道，所以说这种话也是莫名其妙。

"多谢款待。"

感觉就像通关了一般。最后把红酒一饮而尽时，我总觉得自己是游戏里的武士角色，连骨带肉啃食了一顿。

我忍不住脱口而出：

"然后呢？"

我心里的武士龙马开口问道："关于之后的作战计划，阁下有何考虑？"

"咦？"

你怅然若失，毕竟事情的进展不太对劲。

"然后，然后……"

要是问一句"然后有饭后点心吗"该多好，可我在这种时候总是笨嘴拙舌。明明平时只能从别人的口中了解你，此刻你近在眼前，我的嘴巴却一点也不利索。

"然后呢，我为什么会在这里？"

天哪，我居然说出口了，就像大傻瓜一样。

你听了，似乎直到这时才回过神来，呢喃了一句：

"啊……"

现在不是感慨的时候吧，怎么想都觉得不对劲，你也太不警惕了。虽说是同校的学生，但我可是今天才和你说上话的男人啊。你到底在想什么？

"你是替补先生。"（注：在日语里，此处的台词容易被误解成"请再来一盘"。）

"什么啊？"

你是在学我说"再来一盘"吗？可你不是什么都没吃吗？这也太奇怪了。

"可是，"在我混乱不堪的时候，你歪着头陷入沉思，"我已经用了尊敬的语气。"

怎么回事？要请人添饭当然会用尊敬的语气，总不能直接说"换一盘"吧，那也太奇怪了，就像在思考要替换成别的什么东西一样。

替换？

你说的是替补吗？是候选人或代理人的意思吗？

——我是谁的替补？

就算你没有说清楚，我也猜得七七八八了，只是惊讶的情绪还是溢于言表。

"你很反感吗？"

我也说不清楚，如果我们是超过友情未到爱情的状态，或许我会觉得反感，但我甚至算不上是你的朋友。

"也没有啦，毕竟我肚子饿了，你做的菜又很好吃。"

老实说，我不在乎自己是谁的替代品，只是庆幸那个谁不在了。

"那太好了。"

面前的你露出可爱的笑容。我真的不介意事情是怎样的，只是有点在意你和那个他是否还是现在进行时。

比如说，他是不是刚好今天不在，又或者两人是不是在早上吵架了。

若不把这件事打听清楚，我实在坐立不安。

"你说的是男朋友吗？"

"嗯，我被甩了。"

你直截了当地说。气氛急转直下，我不禁脱口而出：

"为什么？"

"为什么啊……"

心中的武士正在自掘坟墓。分手理由就算说了也无法理解，只会徒增伤感罢了。

因此，我试着扯回之前的话题：

"为什么非要吃这个呢？"

"在分手的话题之后提食物，也太奇怪了吧。"

你突然别过脸去。

"不过，这个真的很好吃，放着不吃也怪可惜的。"

"真的？"

"嗯，不然我也不会全部吃光。"

"谢谢。"

你没有转过头来，只是这么呢喃道。看来你是一个非常别扭的人，但我不讨厌这一点，甚至颇有好感。

我觉得自己必须说点什么，无关乎你那已经分手的男朋友，而是可以让你笑出声来、排解情绪的开怀话。可我一时不知道说什么好，在这样的深夜谈论天气又显得毫无意义。

我捕捉住唯一的头绪，试着搭话道：

"你说这道菜叫什么来着？"

"比萨风味的西红柿酱煮猪里脊。"

"真的很好吃，你的厨艺很棒。"

总之先夸一夸人家。我本以为你会因此露出笑容，没想到你慢慢地垂下了头。

"毕竟是为喜欢的人做的。"

"啊……"

"明明是他最喜欢的事物，却一口也不吃。"

不小心踩到了地雷，只能祈求我的武士快点逃走。

还有没有什么话题呢，不管什么都好。做饭不能谈，猪里脊、西红柿酱、煮菜和比萨也是雷区。说到猪里脊……

"说到里脊……"

"咦？"

"我一直以为，猪在很久以前是长着鱼鳍的。"

"什么啊？"

你看起来是那么茫然，看来我又没能达成目的。

"大人戏弄我，说这个肉是鱼鳍退化而成的部分，所以叫里脊。"
（注："鳍"和"里脊"在日语里是同一个词。）

"什么时候的事？"

"是我读小学五六年级的事了。"

"你太容易相信别人了。"

不是这样的，只是因为对方很擅长讲惊悚故事罢了。

"可是，他让我试着摸摸屁股后方的脊椎尾，那里摸着很像长尾巴的地方。其实那是尾骨，是人类经历早期有尾巴的阶段后退化留下的痕迹。"

就像人类的尾巴退化了一样，猪和牛身上长着里脊的部位，在过去就是长鳍的地方。

"顺便告诉你，听说猪和牛身上长鳍的地方就在前腿侧下方。虽然平时我们看不到，但只要把猪翻过来，就能看到那里有一道小褶皱。"

"我有一瞬间信了你的话。"

"对吧？"

既然信了，就当真到底吧。毕竟里脊因为稀少卖得很贵，很有说服力。

"可我试着查了一下小学生词典，这才知道里脊指的是被叫作菲力的部位，并不是鱼用来游泳的鳍。"

"然后呢？"

"他带我去了超市，让我看鲜鱼区里写着"青花鱼菲力""鲑鱼菲力"字样的招牌，告诉我'菲力'就是用来形容鱼的词语。"（注：在日语里，"鱼菲力"指的是切开的鱼块。）

"总觉得又回到了第一回合。"

是的，所以我相信了，应该说是信以为真。

"他满嘴谎言，还告诉我加药饭是会爆炸的（注：日本关西地区一种加了鱼、猪肉和蔬菜煮成的杂味饭，由于日语读音相同，也会误写成"火药饭"），而柏饼里面加了鸡肉（注：日本关西地区将鸡肉叫作"かしわ"，而柏饼在日语里写作"かしわ餅"，但其实是用大米粉制成的）。"

拜此所赐，我从小就得了一个"外星人"的绰号，据说是因为我总把日语解释得乱七八糟。我在这种情况下没有被霸凌，想必是因为同学们也相信了那些谎言。

"外星人什么的！"

你抖动着肩膀，轻轻地笑着。我觉得你非常可爱，可是我被取绰号这件事好歹是真事，像你这样笑出来显得不太礼貌，不过我觉得无所谓。

"说起来，还有一种鸟就叫'谎言'（注：指红腹灰雀，在日本名为"ウソ"，和"谎言"同音）。"

"这也是骗人的吧。"

"不，是真的。顺便告诉你，它的鸣叫声听起来就像在说'穿帮了'。不过这是骗你的，真的是谎言。"

"真是的，好有意思呀。"

你总算放声大笑。我觉得你是那么可爱，笑起来时最为可爱。我不由得感到心动。说起来，你穿的那件针织衫是不是掉肩了？是故意设计成这样的吗？还是别有心机？或者说，你是那种没有心机的单纯女孩？如果是这样也不错。

"哎呀，笑过头了，害得我都口渴了。"

你将剩下的红酒一饮而尽。我看到你白皙的喉咙关节处，不禁脱口而出：

"能不能和我……"

"咦？"

"能不能和我交往呢？"

说了这种话，就没有回旋的余地了。若是能退一步的关系，我也不会像这样欲哭无泪了。不过，我没有什么好失去的。

"交往是指到什么地步呢？"

就算你这样岔开话题，我也能应对自如。

"就是无论到哪里都在一起。"

"上厕所和洗澡的时候也是吗？"

"是的，也就是说……"

"也就是说？"

　　我感到有些烦躁。再这么暧昧不清，深更半夜待在这里就毫无意义了。

　　"我想和你发生关系。"

　　说了，我说出口了。真是了不起，我太伟大了。我总算努力了一把。

　　你轻轻地哼了一声鼻音，不知道意味着什么。到底是接受还是拒绝呢？

　　你像看着远处一样茫然发呆，不知道有没有听进我的话。

　　"谢谢，这份心意我领了。"

　　"只是心意吗？不嫌弃的话，请和我做点什么吧。"

　　"什么啊？说起来，我说了好多次'什么啊'。"

　　你轻轻地笑了，真的非常可爱。

　　"你说得没错，毕竟这件事就是有些莫名其妙。"

　　"咦？"

　　"因为我的告白很突然，的确让人摸不着头脑。我认为这是合情合理的。"

　　"总觉得你真的很有意思。"

　　"然后呢？"我催促着下文，"其实我只是觉得你长得非常漂亮，而且很有气质，但是不了解你是什么样的人。就是这一点让我非常着迷。"

　　一般人都喜欢夸赞内在，培养长期交往的关系。可我没有时间培养感情了，这也没办法。

"你说不了解我，所以想和我交往？"

"为了了解你，所以想和你交往。"

"这种时候不是该用朋友的身份来说服我吗？"

你这么说着，直视我。

"毕竟我是学弟，似乎也算不上什么朋友。"

"你真坦率。"

"是的。"我点头说道，"坦率是我唯一的可取之处。"

"骗人的吧。"

"嗯。"

你突然笑出声来。我松了一口气，看来闯过了一道难关。

"不过，我真的很喜欢你，希望你能和我交往。"

"只是这样吗？"

"最后还希望你能和我发生关系。"

你终于忍不住大笑。

"什么啊，真有趣。哎呀，我又说了这句话。"

你调侃自己，然后直勾勾地看着我。我们还是第一次这样四目
相对。

"你再说一些有趣的事，我就考虑看看。"

于是出现了开场的那一幕。

我该说点什么好？要说什么才能得到你的认可？

我陷入了沉思。这时，你又说道：

"需要话题吗？那聊聊家庭吧。"

家庭什么的，又不是小学生作文，这个话题能怎么发挥？

"因为我对你不是很了解。"

"嗯。"

我明白你的意思，毕竟我也说想了解你。

我该如何是好？

说起我爷爷的故事，比起谎话连篇，用"吹牛不打草稿"来形容更为合适。

父亲说爷爷是关西人，爷爷却说自己来自四国地区，是一名技艺过人的渔夫。

"哎呀，青甘鱼和红甘鱼都算不了什么，金枪鱼呀旗鱼呀多线鱼呀柳叶鱼呀什么的，也不在话下。只要顺应季节和浪潮，什么都能抓到。"

他列举的鱼类里明显混入了在日本暖流海域里捕捉不到的鱼，不过年幼的我信以为真，因为他会看着超市的货架（又来了），说多线鱼和金枪鱼怎么会是同个季节的出品呢。

是的，他甚至反应不过来，那可能是冷冻制品或进口产品。在那之后的第三天，我在学校又被嘲笑了。

"太过分了，爷爷。"

这句话我不知说过多少次了，要是换算成飞机里程数，都可以兑换商务舱机票了。而父亲在这方面是有过之而无不及。

"爸，你怎么又这样？"

他叹着气说出的这句台词，我已经听过千百遍了。不过比起下面这位选手，我们两个都是败将。

"说什么呢？"

爷爷的这句回话已经出现上万遍了。

他真是狡猾，居然用问句来回应。一旦我们认真控诉，他就会以一句"然后呢"反问我们。在我们详细解释的时候，他姑且装出一副认真倾听的模样，但那不过是圈套。

毕竟去指责对方因说谎伤害了别人，我们也会不舒服。何况是作为小辈来发言，渐渐只能泛泛而谈。说到后面，我们这种单方面出声指责的似乎反而成了坏人，俨然一副喋喋不休的样子。最后，爷爷会以一句"这样啊"结束这场考试。

我们家从来没有人能赢得胜利。

我是独生子，没有兄弟姐妹，所以对爷爷来说，我就是最好使的棋子。至于我的母亲，毕竟是嫁过来住，多少有所顾虑。她很少埋怨爷爷，实际上也和他没有多大交集。

对了，我的爷爷直到今天还会说"早起的鸟儿有虫吃"这种话。

"什么啊？"

哎呀，你又说了这句话。

"早起的鸟儿有虫吃"是一句格言，意思是鸟儿如果早起就更有机会吃到虫子，得到好的回报。

一般来说，早起确实没有坏处，早起的母亲也的确得到了好的回报。

"什么……"

你忍住了，没有说出完整的一句。总觉得你有些别扭，不过我觉得挺好的。

我得继续讲下去。

我们家的猫走丢之后，母亲每天都早起在附近找它。虽然家里人也会帮忙找，但最疼它的还是母亲。结果，她找到了猫。

你肯定会觉得好好找的话自然就能找到，但不是这样的。就结果而言，我们的猫被附近的一位独居老太太收养了，还有了一个新的名字。

那位老太太在清晨散步，而猫就待在她的手推车上。然后，我的母亲呼喊着猫的名字，它便快速地向她跑过去。老太太说她只在这个时间散步，能遇见真是太好了。

还真是"早起的鸟儿有虫吃"呢。

自那以后，我的母亲就对爷爷更加包容了。

从总体来看，女人对爱吹牛的爷爷会更加包容，或许是觉得他说谎又不害人吧。男人们虽然会觉得被耍了，但大多数时候还是一笑而过。

"感觉有点像拉丁人。"

这么说还真像，而且爷爷也是一个很风流的人。

顺便告诉你，他还有一个"世界家常菜"系列故事，开场白永远是"那还是我坐船出海的时候了"。

他在出外海捕鱼的时候遭遇了暴风雨，船被吹到陌生的海岸边。一个女人救了他，还用如天上美食般的菜肴招待他。

"我还是第一次。"

你想歪了，并不是那种成人故事。他说的第一次是指在日本从来没吃过这么好吃的东西。

有一次他吃到一种食物，是用面粉揉成的皮包着某种动物肉馅制成的。

"后来我才知道那原来是饺子，吓了我一跳。"

这个版本还比较可信，毕竟中华料理圈就在日本旁边。可有时他又会说成西班牙海鲜饭的版本。到底是多厉害的舰队，才能从日本漂到西班牙。

"好像说在世界的各个港口都有他的女人。"

我猜中了，据说父亲是听着这个版本的故事长大的，还无比烦恼自己究竟来自哪个国家。

或许对着孙子不好讲这种风流故事，才换成了面向儿童的安全版本，所以我听到的是家常菜系列。不，一般人也不会说出这样的话吧——

"玛格丽特公主给我做的比萨真是好吃极了。"

父亲或许是真的感到气愤，毕竟他是最大的受害者。他以爷爷为反面教材，活得异常地严肃耿直。我常常觉得，人活在世上实属不易。

"活得严肃又耿直的人哪……"刚才笑得肆无忌惮的你，突然垂下视线，"嗯，看起来的确活得很辛苦……"

"我说啊……"

难不成你是在说自己的前男友吗？

"总觉得他像傻瓜一样，一直认为有什么事就该坦诚地说出来。结果，他对我说'我不是那么喜欢你了''我好像喜欢上别人了'什么的。"

我不知道该说什么。不对，那个人怎么能说这种话呢，那不是在推卸责任吗？

"就算他这么说，我也不知该如何是好。应该说，这种话一说出口，只会让事情往更坏的方向发展。我只会死缠烂打，沉浸在悲伤之中。"

"所以你才说他耿直？"

"我不知道，就觉得他可能比较忠于自我吧。"

忠于自我就能说话肆无忌惮吗？真是让人火大。我这么为你神魂颠倒，他却对你做了什么？虽然我很感激他提出分手，但还是觉得火大。

"要是那么耿直，就应该把自己最喜欢的菜吃了啊。"

"也是。"

"说起来，喜欢吃猪里脊也是了不得，感觉不像年轻人。"

我想着至少要说点他的坏话，结果你小声地呢喃道：

"你猜对了。"

这时，你突然潸然泪下。

"他比我大很多，工作非常忙碌。就算约好了，还是会经常放我鸽子。"

原来如此，所以你才经常中途出现。你抖动着肩膀，泪如雨下。我该做什么，该怎么做才好？

我只能继续说话了。

"对了，要是哭得太久，头上的虱子会跳出来的。"

"什么？"

你抬起头来。

"要是连头皮的水分都用光了，就很容易抓到虱子了。"

你露出茫然无措的神情。

"你有没有觉得头痒？"

"那倒没有。"

"那你的头上还住了好虫子呢。"

"咦？"

"你的头上有好虫子，将虱子驱之门外。"

你似乎觉得莫名其妙。我对着你用力点头，说道：

"这种虫子叫'我单恋着你'虫，虽然渺小，但常常出现。"

"说什么啊。"

哭泣的乌鸦已经笑了，这一招冷笑话真是到位。

"不愧是你爷爷的孙子。"

"没有啦。"

"我又不是在夸你。"

原来没有在夸我啊。

"虽然很笨拙，但还不错。"

"那么，我们是不是该做点什么了？"

"哇，你还真是直接。"

你笑出声来。

红酒喝到第三杯时，酒瓶已经见底。

"虽然爷爷很遭人嫌，但前不久我听了他的遗言。"

"咦？"

"他在文化馆的谈话室里，突然出现呼吸困难。"

"天哪。"你用双手捂住了嘴。

"那时他留下了遗言。"

"说了什么？"

"如果遇到了给你做比萨风味西红柿酱猪里脊的女孩，千万不要错过她。"

你顿时呆若木鸡，随后撇着嘴说道：

"怎么可以这样，说谎也要分无伤大雅还是不可为之吧。"

"我没有说谎，只是稍微延伸了意思。"

严格来说，爷爷说的是："要是有女孩子为你做菜名非常难懂的菜肴，就和她交往吧。"

"真是令人费解。"

"这个只是爷爷自己的喜好罢了。他似乎不会应对那些得意地端出汉堡和土豆炖牛肉等大众菜肴的女人。"

"什么啊。"

你又说了这一句，但已经不再介意了。

"他最不能接受别人亲手做然后硬塞给他吃的食物。"

"人家可是亲手为他做的，这种语气也太……啊，对不起。"

你觉得这么说对逝者不敬，便向我道歉。我慌张地摆着手，告诉你这是误会，爷爷还活得好好的。

"什么？"

"爷爷会出现呼吸困难，也是因为说了太多蠢话。他的身体可硬朗了。我说的遗言只是他还在世就留下的遗愿。"

你愣在原地，忽然紧咬双唇，接着嘴角慢慢上扬，然后说道：

"说什么呢。"

喝完红酒后，你拿出绿茶，探头看着冰箱问我：

"要不要给你做点味噌汤？还是要土豆炖牛肉？"

"猜都不用猜，就知道你在闹别扭。"

"那又怎样？"

"我觉得挺好的。"

我呢喃道，不经意地看向窗帘的方向，发现有细微的光线照射进来，不由得有些吃惊。

"哎呀，天亮了。"

我抱头感到遗憾。

好不容易一男一女在深更半夜独处一室，暧昧地上门做客，还在愉悦的气氛中聊了天！

你关上冰箱门，走向窗帘。

"谢谢你陪了我一晚，不过对话不是那么有趣，还没到可以做点什么的地步，抱歉了。"

"不，我也承蒙你照顾了。抱歉，对你说了很失礼的话。"

我低头道歉。桌子反射着光线，原来是你拉开了窗帘。

"不过，你说的话并不无聊，不如我们先试着交往看看吧。"

只要有光……不对，已经有光了！

"早起的鸟儿果然有虫吃呢。"

我不禁模仿石松拳击手胜利的姿势，紧接着又摆出洛奇呼唤妻子时的姿势。为何说到胜利，都是和拳击有关的姿势呢？

"对了，关于鱼的里脊……"你再次在我的对面坐下，"你知道吗，我们身上也有由鱼退化留下的部分。"

"哪里？"

"伸手。"

我听了，伸出自己的手掌心。见状，你摊开我的手指，将自己的指头交叉进来。

"就是蹼。"

总觉得后背有什么一蹿而过，那不是闪电般的感觉，更像是轰隆轰隆的大场景。用漫画来说的话，我大概不能说出口，毕竟是限制级内容。

　　早晨的阳光慢慢洒下来，而我的一千零一夜还在继续。

一小部分

6.Ham

小时候，我不怎么爱吃东西。

虽然很挑食，但就算是喜欢的食物也不会大吃特吃。母亲说那时候真的很担心我，也为我操了不少心。

"尤其是肉类。就算是切碎的肉末，你也不会吞下去，只是含在口里，露出一副快哭出来的样子。"

我一吃肉就会吐出来，也不喜欢吃鱼，不喝牛奶，鸡蛋最多吃两口。

我也不爱吃蔬菜和水果，总之蛋白质摄入稍显不足。母亲便找了医生商量，医生说："只要不是过敏，之后总会吃的。有些小朋友的食欲来得比较慢。在那之前，只给他吃爱吃的食物没关系，也可以尽量增加点心的次数。"

"我听了，不由得松了一口气，毕竟知道你喜欢吃甜食。"

不过，凡事都不能过量。母亲说会按量准备不同花样的点心。

"早上是葡萄和酸奶，上午十点吃小薄饼，下午三点再吃点饼干和蛋糕。要是没有吃晚饭，就用冰激凌来补充热量。"母亲说着，瞥了我一眼，"但现在不能吃。"

"火腿。"

听到有人叫我后，我回过头问道：

"怎么了？"

"顺便去一趟便利店吧。"

"嗯。"

我和朋友一起走进便利店，先去翻了翻漫画杂志。大家围着打开的那本样书看，直到海贼们的冒险故事告一段落，才各自散去物色自己的晚餐。

我的预算大概有五百日元。之前家里都会让我带便当，但我已经是小学六年级的学生了，现在又是夏天，于是我以便当容易变质为由，得到了购买餐食的自由。

这里有饭团、面包和意面，还有炒面和法兰克福香肠。朋友还在烦恼要吃什么，我已经径直走向三明治区。

"火腿就好了，根本不用犹豫。"

"我光是看着就觉得饱了。真的那么好吃吗？"

我听了，点头答道：

"当然好吃啦。"

每次上补习班，我都会选择火腿三明治当晚餐。三明治其实没有米饭那么扛饿，所以我总是仔细观察着一排排三明治，尽量找到夹着最多火腿的那块。

火腿真是美味。

不管吃多少都不觉得腻。

我常常记不住小时候发生的事，却对那个时刻记忆犹新。

印象中，那是迟来的午饭时间。夏季还未到来，但室外有些闷热，我比往常更加没有食欲。

母亲端出装着三明治的盘子，摆在我的面前。小小的正方形三明治排列着，切成了一口食的大小。尽管没有食欲，我还是拿了一块，恍惚地塞进嘴里。味道很甜，草莓果酱和黄油在嘴里扩散，融化在舌头上。

我只咬了一口就放回盘子里，母亲不免有些失落。这时，我看到还有不同馅料的三明治，便试着拿了一块，咬了一小口。

总觉得味道有点咸。

这块三明治又咸又酸，刺激着口舌生津。我吃得津津有味，很快就一点不剩。我伸手准备再拿一块，这时母亲惊讶地问我：

"那个好吃吗？"

"非常好吃。"

母亲听了，若有所思。

我吃着第二块三明治，看到它的横切面有漂亮的粉色。里面夹着好几片薄薄的切片，看着好像火腿，但我没见过这样的。

"这是什么三明治？"

"火腿三明治。"

"咦，还有这么好吃的火腿啊。"

母亲听了，似乎有些不高兴，还准备撤走我面前的盘子。她以前从来不会这么做。

"我还要吃。"

我吃了一惊，第一次伸手去拦盘子。

"那你吃这个。"

她说完，递给我一块草莓果酱三明治。见状，我摇了摇头说道：

"我不要这个，要火腿的。"

"可是……"

"我还想多吃一点。"

看我动了真格，母亲极不情愿地将火腿三明治递给我。

"可这个不是生协（注：指日本的消费合作社，通常以食品为主展开采购和补助工作）的火腿。因为蛋黄酱用完了，我就去外面买了现成的。也没有看到蔬菜三明治，才买了火腿的。"

母亲唠唠叨叨，仿佛在找什么借口。

我心不在焉地听着，又拿起一块三明治，大口咬了下去。

真是美味至极。

自那以后，我就爱上了火腿，准确来说，是爱上了市面上出售的那种火腿。

除了火腿三明治，我还吃火腿沙拉、火腿烩饭和加了火腿的欧姆蛋。青椒肉丝则用青椒和火腿来炒，炸肉排也会用火腿来炸。

不管是什么食物，只要加了火腿就会变得美味无比，没有什么食物是加了火腿之后会不好吃的。

"这种东西不是很健康，都不知道加了什么防腐剂和食品添加剂呢。"

母亲皱着眉头说道，可我就是觉得火腿好吃，那也没办法。

"知道吗？你的身体是由食物构成的，所以小孩子要多吃健康食品。"

我已经十二岁了，自然也知道这些。而且，母亲老是把这句话挂在嘴边，我都听腻了。

"至少用生协的火腿和妈妈烤的面包来做吧。"

"可是那种火腿不好吃，你烤的面包也很难吃。"

这么一说后，母亲露出十分沮丧的神情，所以我不大爱说这种话，但有时就会脱口而出。希望她能明白，我并没有恶意，只是说出事实罢了。

我的母亲厨艺不好，但不想让孩子吃到不健康的食品，所以总是用好食材从头开始烹饪。我不觉得这是坏事，也认为她是一位好妈妈，只是努力过头了。

既然是好食材，就无须加工处理，也可以只用市面上的调味料增味。

好的食材就算直接入口，应该也会很好吃。我不喜欢从生协买来的火腿，那种吃起来像变质了一般，但生协的黄瓜和番茄十分好吃。然而，母亲会往上面放自己做的蛋黄酱（黏糊糊的又没什么味道）和农家奶酪（用牛奶加醋制成，吃起来超恶心）。

那时的我并不清楚这些就是家里饭菜难吃的罪魁祸首，不过至少知道幼儿园里的朋友给我的点心非常好吃，小学的供饭也是超级美味。

父亲常常说：

"我只要加盐就可以了。"

年幼的我以为大人都喜欢加盐的味道，但其实不是那样。父亲只是巧妙地避免了多余的味道。

我后来才知道，麻婆豆腐原来是一道味道绝妙的菜肴，意大利面的肉酱和火锅的汤汁也美味无比。

"真是奢侈。有人亲手做饭给你吃，你还不懂得感激？"

我早就听烦这种论调了，总是说现在的孩子怎样怎样，独生子都被宠坏了什么的。就随他们说去吧，只要尝过一次母亲的厨艺就知道了。

他们会莫名地陷入沉默，然后说着类似"也不是很难吃，好像又不太好吃"这种矛盾的话。

虽然不至于难吃到呕吐的地步，但绝对说不上好吃。可以感受到里面用了优质的食材，但总觉得没有物尽其用。

仅仅是因为这样，我才变成了胃口很小的人。

顺便一提，我不吃肉和鱼是因为太硬了。母亲说不能吃未熟的，所以会用火烤过头，以至于蛋白质都凝固成形了。不过，我不喝牛奶倒是因为喜好问题。

因此，现在的我变得相当能吃，不过最喜欢的还是火腿，总爱挑加了火腿的食物吃。

于是，我的绰号就叫"火腿"，不过我并不是胖子，只是喜欢吃火腿而已。

我的身体大部分是由火腿构成的。

我放下装着火腿三明治的便利店袋子，在补习班的座位上坐下。随后，一个女孩在正前方第一排的位置坐了下来。虽然只能看到背影，但那一头红褐色的头发十分醒目。这样抢眼的女孩会出现在补习班里，还真是少见。

"那个人是新来的吗？"

我指着前方问道。朋友点头说道：

"好像是昨天刚来的，不过应该不是我们学校的。"

"说得也是。要是学校里有这么引人注目的学生，早就传得沸沸扬扬了。"

"说起来，光是坐在第一排就很显眼了。"

我们达成一致的意见。坐在老师眼皮底下可不是那么好受的。如果是最后一个过来上课，那也没得选。她却提早过来，一个人坐在那里，真是一个怪人。

"长得怎么样？"

一个朋友问道，得到的回答却是"一般"。她的衣着也是普通的T恤配牛仔裤，除了头发以外不足为奇。

上课时她也和其他学生没什么两样，甚至直到休息时间，我们都忘了还有这样的一个人。

夜间补习班的学生会在休息时间吃晚饭。

老师一走出去，教室里就传来移动椅子的杂乱声响。和朋友围着一张桌子坐下后，我拿出了三明治和一盒牛奶。

"今天去了罗森便利店吗？"

"用你的炸物和我的玉子烧交换吧。"

我们说着话，大口大口地吃着。不同于学校的午休时间，在这里我们只有三十分钟的时间休息。大家都争分夺秒，也很少有人带精致的便当过来。也就是说，就算我每次只吃火腿三明治，也不会显得格格不入，所以我喜欢夜间补习班。

虽说如此，但女孩子和我们不一样。先不说那些家里做饭特别好吃的女生，她们总会带各种各样小巧的食物过来，让人费解的是还会在饭后交换点心。

"这个是甜点。"

女孩说着，开始拿出家庭装的雀巢奇巧饼干分给大家。明明没有时间吃这个，真搞不懂为什么要带过来。不过，分完还有剩的时候，她们也会分给我，所以我不好抱怨。

不知道新来的女孩在做什么。我猛地看向前方，那头红褐色的头发还在原处。看来她正一个人吃着饭吧。

她应该不是我们学校的，不知道是不是私立学校的学生。在我恍惚想着这些的时候，有两个女孩子走近那张桌子，分给她饭后点心，还说着什么话。

不来我们这边吗？这样的念头在我的脑海里闪过。

接下来的一个星期，我慢慢了解到红发女孩的一些事情。

我倒不是特别关注她，只是实在没有话题可聊。补习班里的学生来自不同学区，共同话题少得可怜。

听说她是归国子女，具体不知道是哪个国家，但好像不是来自亚洲，而是欧洲。

"据说她最近才回到日本，在读初中之前过来上补习班。"

听了朋友的话后，我疑惑地问道：

"也就是说，她现在不能去小学读书吗？"

"好像是这样。"

一个常和女生聊天的家伙得意地点头说道。

"国外似乎是九月份开学，现在入学也不是时候。"

"也就是说，她在六月左右结束了上学期的课吗？"

八月已经走到尽头。她读完了小学五年级的三个学期，然后才来日本。

"比起那个，她会说日语吗？"

"要是不会说，她就会去报名日语教室了，才不会来我们这样的补习班呢。"

说得也是。

"对了，她还是你的同伴呢。"

我听到这句话后，愣在了原地。

"怎么回事？"

"她带的便当一直是火腿三明治。"

在一片哄堂大笑中，我不免有些愠怒，但又心生好奇。很少有人会讨厌火腿，但像我这样每天吃火腿的人也不多。

她的火腿三明治会是怎么样的呢？

到了休息时间，我装作去上厕所的样子，从前面经过瞄一眼。她似乎还是一个人吃着饭。

我先看到她的脸，的确貌不惊人，一点也不像外国人。不过，她的肤色挺白皙，一头红发十分惹眼。接着，我看到她的桌上有一块亮色手帕，上面放着一瓶看似碳酸汽水的饮料，还有……

——法式面包？

一条胖嘟嘟的褐色面包躺在那里。除此之外，既没有三明治也没有甜点，甚至没有包装袋。

一眼看过去像是偷工减料的食品，毕竟面包边里也看不到生菜叶和其他食材。

——真的是三明治吗？

我想看清楚，但突然停下来的话会被发觉。我只好走过前排，在墙角那里绕回来，正好看到她用手拿起面包。

不知道能不能看到火腿。我待在门口等着看。只见她突然用双手使劲地撕面包。

——怎么回事？

看到这不可原谅的举动，我愣在了原地。学校配餐时也会有学生将面包撕成小块，但从来没见过女生做这种事。而且她似乎没有特别在意这个，撕起面包来一本正经，但怎么看都不像是为了尽快吃完，太奇怪了。

或许是因为她坐在第一排，除了我之外，没有人留意到这一幕。她将压扁的面包块举到眼前，张大嘴一口咬下。

面包似乎很硬，她似乎在用虎牙将其咬碎。

面包被咬断的地方耷拉着什么东西，看起来像红色的肉。

那很明显不是火腿，但也不像鸡肉或猪肉。可能是牛肉吧，甚至有可能是生肉。

——真恶心。

总觉得看到了什么奇怪的东西。

我来到走廊走向厕所，心情久久未能平复。

"咦？"

有个朋友碰巧站在旁边的便器前。

"嗨。"

他正好拉下牛仔裤的拉链，就这样变成了两个人一起上厕所的局面。我脱下短裤，突然想到自己穿的还是松紧裤，根本和人家不一样。

"最近每天早上，我都会惹到我妈。"

"咦，为什么？"

"早上小便不是很麻烦吗？会往上跑。我就坐着小便，结果弄脏了马桶。"

"站着小便不就好了吗？"

听了我的话后，朋友叹了一口气。

"可是我妈之前说，站着小便会弄脏马桶，让我在家都用坐的。我真的不知道该怎么办了。"

我点头同意他所说的话，心里却想着：明天我一定要穿带纽扣的短裤。

我不喜欢穿牛仔裤，蹲下的时候总会产生摩擦。而松紧裤在上厕所时容易脱下，非常方便。

不过，最近我的想法变得有些不同了。

"下次不要买松紧裤，给我买牛仔裤吧。"

"怎么突然这样？"

母亲问道。我不禁歪着头说道：

"没什么，就是想有一条普通的牛仔裤。"

"你不是有一条吗？"

"不是，我想每天都穿牛仔裤。"

我没法说清楚，也不想向她解释。

"可以是可以，但牛仔裤要一起去买才行，可以吗？"

"知道了！"

我有些不高兴地说道，不顾茫然无措的母亲，走出了房间。

我知道不能这样说话，最近不知为何，总想着疏远母亲。

那个人今天也独自一人吃着奇怪的三明治。

"是不是被欺负了……"

我呢喃着。朋友却摇着头说道：

"女生们邀请过她一块吃，但好像被拒绝了。"

"为什么？"

"她说一个人才能安安静静地吃饭。真是一个怪人。"

我点头表示同意。这种时候，女生不是一般都希望和别人在一起吗？还说什么安安静静地吃饭，就吃那种偷工减料的三明治吗？

——是不是觉得让别人看到很丢脸呢？

她的吃法很奇怪，面包里的内馅也不太对劲。既然有钱上补习班，家里应该不是很穷，带点正常的便当过来不就好了？

到了休息时间，她还是撕着面包，大口大口地嚼碎。我又看到夺拉在面包边上的红肉。

"那不是火腿三明治吧？"

听到我的话后，一个朋友大笑出声。

"火腿，看来你真的很在意那个啊。"

"才没有！"

我下意识地答道，朋友一边笑着一边站起身来。

"不如去问问看吧，就当我很好奇好了。"

"都说了，我并没有……"

"好啦，去吧。"

他拽着我的手臂，推着我往前走。

"晚上好！"

他非常自然地打了招呼，不愧是女生之友。或许是因为这样，对方也顺其自然地回了招呼。

"对了，这个是什么三明治？你每天都吃这个吗？"

听了朋友的问题后，她有一瞬间愣住了，接着朝向我们打开了面包。

"是火腿三明治。"

里面只有看似黄油的白色糊状物和薄到有些透明的肉片。

"这不是火腿吧。"

她听了，歪着头问我：

"你不知道生火腿吗？"

"生火腿？"

生的火腿？是指未经加热的肉吗？吃这样的东西不会有问题吗？总觉得会有寄生虫或沙门氏菌之类的可怕东西。

"要吃吃看吗？"

她说着，递出自己的面包。我隔着面包看到她的脸，她正盯着我看。

"火腿三明治可好吃了。"她将自己还没咬过的地方朝向我这边，"吃吧。"

我的视线游移不定，不由得别过脸去。见状，她似乎有些失望。

"真的很好吃，所以我一直带这个过来。"

"是吗？"朋友点着头，"我倒是知道生火腿啦。"

这种语气真是让人火大。

我告诉母亲，我想吃生火腿。她听了似乎有些吃惊。

"没想到啊，不过你应该不喜欢吃吧。"

"为什么？"

"毕竟是生食，还是肉类。怎么说呢，就是很像下酒菜。"

"但那是火腿吧？"

母亲听了我的话后，陷入了沉思。

"虽然都叫火腿，但不是你喜欢的那种，比较像大人才会吃的食物。"

这么一说后，我反而更想吃吃看了，但不想将这种话说出口。母亲见我一言不发，便打听道：

"你是从哪里知道生火腿这种东西的？"

我吓了一跳。

"就是在补习班里听别人聊到这个。"

这不是谎话，但我总觉得自己撒了一个弥天大谎。

"这样啊。"

母亲直勾勾地看着我。我不希望她这样看我。

我不想输，便尽力避开了视线。

"好吧，这几天买给你吃吧。"

母亲叹着气说道。

我不知道自己是赢家还是败将。

薄薄的生火腿装在真空包装里。

包装背面写着:直接取食,也可用作三明治、意面、沙拉、比萨和前菜。

我撕下薄薄的外包装,凑近鼻子闻了闻,好像没什么味道。生火腿看着有点像生肉,一端还带点白色肥肉。我拿起粉嫩粉嫩的红肉,在日光灯下看着是透明的。

我从边上切了一小块,放进嘴里。

"怎么样?"

我也不知道怎么形容,说不上好吃还是难吃,只是感受到浓烈的咸味。我又拿了大一点的一片吃进去,这次感受到了肉的味道。

我很反感肉类的味道,但还是扛住了。问题是它非常有嚼劲,怎么咬都很难咬断,让人感到不快。

"剩下的留给你爸爸吧,他很喜欢吃这个。"

听到这句话后,我觉得自己得救了,但还是装作一副不高兴的样子。

这次到了休息时间,我独自朝她走去。

"生火腿也不是那么好吃啊。"

她听了,脸上微微有些怒意。

“什么啊？”

“只觉得很咸，还有臭味。”

我将手插在牛仔裤的口袋里，看着她一如既往的面包。她用鼻子哼了一声说道：

“那是因为你还停留在小孩子的口味。”

我不由得怒火中烧。

“我不是小孩子了。”

我眼疾手快地拿起面包塞进嘴里，却吃了一惊。

我本想咬下一口，却发现面包外层坚硬无比，说不清是弹力还是反作用力。我竭尽全力撕扯着面包，这才传来外皮开裂的声音。

“喂！你不要乱吃别人的东西。”

我默默地咀嚼着，嘴里咬着坚硬的面包皮，没能好好说话。出乎意料的是，她的面包非常好吃。

面包外层烤得焦脆，散发出香味。里层则很有劲道，一层黄油衬托出面包皮的甜味。这样的东西就算每天吃也不会腻。

美味远远不止于此。面包里层还夹着肉，让人惊叹不已。

肉依然是黏糊糊的口感，但夹在面包里后，咸味得到中和。让人惊讶的是，肉的味道就像腌制品那般，虽然有点古怪，但说不上是臭味，总觉得不太一样。

我咬了一口吞下去，然后呼出一口气，喉咙深处顿时传来动物园那般的气味。虽说是肉，但有野兽的味道。

最后，黄油柔和的咸味将野兽的味道包裹起来，让野兽得到了驯服。

这个生火腿肉好吃极了。

面包、生火腿和黄油——这种甜味、咸味和油脂的组合在口中混合，融为一体般变得美味，让人想一直吃下去。

"好吃吧？"

见我一言不发地咀嚼着，她开口问道。

"还好。"

我犹豫着是否要硬说一句"也不是很好吃"。

"这不是能吃下去吗？"

她说着，突然笑了。我在这时看到了她用来撕扯面包的虎牙。

我在学校的图书室里翻开百科全书，虽然想过在家用平板电脑查，但母亲会问我在做什么，难免会暴露。

总之先查一查火腿吧，这样一来，很多问题都会迎刃而解。

"'火腿是用盐腌渍猪肉以便保存的产物，经过熏制和干燥流程，保存性高，也有无须加热的品类'……这样啊。"

说起来，好像没听过用牛肉做的火腿。虽然吃过鸡肉火腿，但感觉那种保质期很短。

"'一般用猪腿肉制成，分带骨的和不带骨的。'"

原来我最喜欢的是猪腿肉，也就是说，我的身体大部分是由猪腿肉构成的。下次母亲再唠叨我，我就用"吃腿肉的人多了去""别拿火腿当坏人"这样的话反驳她。

我摊开书本往下看，一行文字映入眼帘——

"生火腿的主产地是西班牙和意大利。"

我若有所思地合上了百科全书。

她是来自西班牙还是意大利呢？

那天晚上，补习班的课程拖延了一会儿。听说负责授课的老师生病了，找代班老师花了一些时间。

"我已经饿了。"

朋友发着牢骚。另一个人接着说道：

"我们班的情况已经算好了，备考班可是上课到更晚，一直是这样。"

"真的？"

"嗯，我朋友的姐姐就是怕回去太危险，才让人开车接送。"

"那还挺让人羡慕的。"

"也是。"

两人笑作一团。顺便说一下，我们班是在学校基础上进一步提升的补习课程，所以下课时间早，班里的氛围也比较悠闲。

"真想回家之前去吃点什么，可是没钱了。"

朋友沮丧地呢喃道，我想起自己的钱包里还有五百日元。

精打细算的话，买火腿三明治和盒装牛奶的钱可以控制在四百日元之内。我每次都会省下一百日元，攒着买火腿三明治。

不过天色已晚，大家又不顺路，我便决定自己一个人去便利店。

补习班位于车站前的明亮场所，从那里回家要经过住宅区。营业到八点左右的商店一关门，周围就变得异常昏暗。尤其是小公园一带，浸染在浓重的夜色之中。闷热的空气里夹杂着草木的味道，让人透不过气来。

那时，我听到从哪里传来声音。

"放开我！"

伴随着声音，草丛沙沙作响。只见有人影从中滚了出来，还是两个人。

"咦？"

我伫立在原地。其中有个大人突然站起身来，然后伸手去碰倒在地上的人。

"不要过来！"

地上的人发出声音。我不由得吃了一惊，是那个红发女孩。那个大人正准备一把抓起她。

我猛地朝四周张望，发现周围空无一人，甚至看不到一扇开着的窗户，让我感到不知所措。

于是，我拿出母亲让我随身带着的手机，说道：

"我……我要报警了！"

那个人慌张地停下动作，然后缓缓地向我走来。我发现那是一个身材高大的男人。

太可怕了，让人毛骨悚然。

"原来是一个毛头小子啊……滚一边去，不然宰了你。"

这句话让人寒毛倒竖，我甚至害怕得要失禁了。可我已经开口管这件事了，也无路可退。于是，我将手指放在手机的第三个按键和挂环上。

"一是打给家里，二是奶奶家，三是110！"

我说着，按下按键。在电话拨出去之前，男人抢先展开了行动，拍掉了我手里的手机。

就在他准备一脚踩烂手机的时候，四周响起了一阵无比夸张的警报声——

"请报警！请报警！"

预防犯罪的警报声是儿童手机的标准配置。我的这款还是录入人声的版本，听起来更加夸张。

男人被警报声吓了一跳，在原地踌躇不前。与此同时，我跑到红发女孩的身边。

"快跑！"

她听到后，看着我点了点头。我们站起身来，拔腿就跑。

男人察觉到我们的动静后开始追赶，真是可怕至极。

我吓得快哭了，可还是要拼命奔跑。

"你这个小鬼！"

他在身后歇斯底里地叫喊着。我胆战心惊地跑着，希望有人能来救我们。

而手机还在拼命地发出警报声：

"请报警！请报警！请报警！"

"可恶！"

我听到男人踩踏小机器发出的声音。尽管手机已经坏了，警报声还是丝毫不受影响，自顾自地鸣叫着。我记得说明书上也写着这种功能。

拜托了，一直响着吧。

我咬紧牙关，拼命发足狂奔。她扶着我，手臂已经大汗淋漓。

"喂，你们没事吧？"

道路对面终于传来某个人的话语声。

"救救我们！有个怪人袭击了我们！"

我大叫着。男人咂了咂舌，仓皇逃走。我和她看着那个人的背影，直接瘫坐在地上。

柏油路面还散发出些许温热的暑气。

好心人把我们送到最近的便利店，我们打电话让家人过来接送。

随后，她先打开自己的钱包，买了两瓶果汁。

"真的要谢谢你救了我。"

没想到她还挺坚强的，不像我害怕成这样。我接过果汁，却发现她的双手在颤抖。

"要是你没有救我，现在我早就……"

她脸色煞白，紧咬着嘴唇。

"先……先坐下来再说吧。"

我们走到店门外，明亮的玻璃前方有一道车挡。坐在那里可以看到店里的情况，或许就不会感到害怕了。

我重新看向坐在旁边的红发女孩。今天她穿了紧身的T恤和牛仔热裤，再加上那一头红发，看起来非常成熟。

——所以才被盯上了吧。

我茫然地思考着，突然发现她的大腿处有一道红线。

"你受伤了。"

她听了，惊讶地看向自己的大腿。

"应该是被树枝划到了。"

"我去弄湿一下手帕。"

我准备站起身来，她却突然抓住我的手说道：

"不要去，待在我身旁。"

我吃了一惊。这说的是什么话啊，现在可是紧急事态。

"可也不能放着不管……"

她就像小孩子一样，一个劲地摇头拒绝。被握住的手心里已经全是汗水。

"知道了，我不去别的地方，让我看看伤口。"

我们紧握着手，一起缓缓地站起身来。我蹲下身子，仔细地看着她的伤口。

伤口不大，还好不用担心会留下疤痕。只是血一直流个不停，要是滴到下面，袜子和运动鞋都会被弄脏。

"还是擦一擦吧。"

我不经意地将手伸向包里，却发现自己的手臂被拉紧。

"不要放开手！"

我们四目相对。她的眼里溢出泪水，仿佛下一刻便会泪如雨下。

这样的她看着很美。

"可是……"

"不要。"

我的包里放着纸巾，但要拿出来，就不得不放开她的手。我无奈地用空着的手找了找牛仔裤的口袋，发现一无所获。

既然不能甩开她的手，就只能用另一只手擦干净了，但这样一来，就会有细菌感染伤口。

就在我思绪万千的时候，血已经汇成一条线向下流去。

我突然想到一个主意。

"我说啊……"

我对上她的视线，她用大大的眼睛看着我。

心跳得好快，没想到我会像这样心动不止。

"可以帮你舔干净吗？"

说不定我会挨揍，又或者她会觉得恶心，然后放开我的手。难以置信的是，她居然点着头说道：

"你不会放开手吧？"

"嗯。"

我真不敢相信自己在做什么，但还是再次弯下了腰。

眼前白皙的腿上有一道突兀的红色伤口，我慢慢地把嘴凑过去。

好软。

"痛！"

她轻声叫道，我错愕地挪开嘴。

"没事吧？不喜欢的话，我就不继续了。"

这么一说后，她摇着头说道：

"没关系。"

"好。"

我轻轻地舔着流出来的血，尽量做到温柔一点。

血的味道很咸，还有铁锈味，总觉得有点腥。

血在我的口中和唾液混合在一起。

我尝过这个味道，突然就想到了生火腿。

舌头能感受到腿上的汗毛，这种野兽的感觉也和生火腿很像。

被握紧的手比刚才更加燥热。我往上把血舔干净时，手也不由得使劲。

舔干净那道血后，我站起来看着她。

她没有生气，只是涨红着脸，似乎脸正火辣辣的。我被她热乎乎的脸蛋吸引，用另一只手托住她的脸。

我想摸她的头发，这么想着便抚摸她的头。这个动作就像触发了什么开关似的，她的眼泪突然从眼里落下。

"啊，对不起。"

我慌张地放开手，她突然神情崩溃。

"好……好可怕！"

她像小孩子一样，哇的一声哭了出来。

那时，我们的手也没有放开。

在那之后，双方家长都过来了。她的父母对我感谢万分，但我觉得自己做的事微不足道，甚至还很愧疚，不值得这样大加赞扬。

在那之后的周末，她的父母和她给我家送来谢礼。那时她穿着长裙，看不到腿部。

混合装的礼品里装着西班牙产的火腿和香肠，其中也有生火腿。母亲看到后惊呼出声，不由得看向我。我露出困惑的神情，尽力佯装成毫不知情的样子。

火腿还是一如往常地好吃，但最近我偶尔会觉得欠缺了什么，不过并不打算更换晚餐的菜单。

补习班以这次事件为例提醒学生注意安全，比如晚归时要结伴同行，避开公园一带之类的，不过没有提及当事人是谁。

我也被提醒不要表现出和她关系很好的样子。毕竟女孩子被变态袭击这种事，要是传出去就不好了。

"变态真是可怕！"

听到朋友这么说后，我一边点头，一边看向前方红发披肩的背影。她穿着七分牛仔裤和格子花纹的短袖衫。她还是来补习班上课了，不过现在上下课都有人接送。

这时，她突然回过头来。

我们对上视线。

她看着我，指了指牛仔裤的大腿部位。

那时的味道又在舌头上复苏，在口中扩散开来。

我的身体有一小部分是由她构成的。

后记

NIKU
SHOSETSUSHU

买东西时走进肉店，看着陈列柜点完单，然后等着店家帮我打包。我发着呆，墙上贴着一张猪的部位图，映入我的眼帘。那时我心想，这个要是做成目录一定很有趣。那成了我撰写这一系列作品的契机。

顺便说一下，在我这个关东人的眼里，"肉"就等同于"猪"。如果我住在关西地区，想必会写成牛的故事吧，换成鸡也不错。

猪肉真的很好吃。我喜欢将切得极薄的涮猪肉蘸满柚子醋和冬葱吃，不过西餐厅里的黄油煎猪肉也很难取舍，真想慢慢嚼着那样厚厚的一块肉。让我难忘的还有饺子和小笼包里的猪肉馅。不管吃多少个，我都还能吃下去，就连自己也感到惊恐。对我来说，那个比咖喱还更容易下肚。

说起来，猪和人的组织构造非常相似，所以经常用于医学实验，将猪的器官移植到人身上的研究也在推进。猪真是了不起，不仅美味无比，还发挥了极大作用。

不过，我突然又觉得，既然器官和组织结构这么相似，这算不算是同类相食呢？

最后，向以下诸位致谢：

感谢负责前半部分连载的伊知地香织小姐和负责后半部分的森

亚矢子小姐。感谢这本书的主编金子亚规子小姐，谢谢你为我提供了美味猪肉的资讯。感谢石川绚士先生，为这本书提供了符合内容又超越预期的可爱装帧。感谢负责这本书的宣传、销售等各个环节的相关人员，还有众多的小猪，以及读到最后这篇后记的你。

（以下为日本文库版的特约后记内容——）

我在单行本里提到了在肉店看到部位图的事，便想着在文库版后记的开头说说为什么选择男性作为主角。

一开始我考虑的是，猪肉这个话题非常有趣，但是范围太广泛了，不知该从何下手。其次，我已经过了可以被叫作"肉食女子"的年龄。我这个人特别喜欢闹别扭，便干脆反其道而行之，定下了"男人和肉"这样的主题。不过，内容并不是爱吃肉的男人意气风发的剧情，而是他们在苦恼消沉中逆风翻盘的故事。

负责解说的近藤史惠女士（**注：日本作家，代表作为长篇本格推理小说《冰冻之岛》和侦探小说《眠鼠》**）也一针见血地指出来，想吃肉的诉求是一种欲望。我们会说"一个人可爱到想吃掉他的地步"，如果读者能在不同形式、不同关系中品味到那种想吃掉对方、得到芳心的心情，我就满足了。

以食物为主题的作品数不胜数（我也非常喜欢近藤女士的"帕玛洛餐厅"系列），伊丹十三导演的作品《蒲公英》（**注：1985年上映**

的日本喜剧片，讲述了两位跑长途货运的职员帮助苦心经营拉面馆的单身母亲蒲公英提升厨艺的故事）一直是我心目中的第一位。这部电影不惜笔墨，穿插了大量围绕食物展开的篇章，让我知道了吃饭并不总是一件积极的事，也有消极的一面。它展示了独自挑选食材的哀伤、外行装内行的痛苦和互相喂食的爱欲。虽然无法像那样用丰富的食材做出华丽的一餐，但我一直尽自己所能去做。

再多说几句，为了写这篇后记，我去查了查《蒲公英》，发现出演人员里有日本最古老的法式点心店"Lecomte"的创始人安德烈·勒孔特，他扮演的还是一个搞笑的角色。总觉得这部电影真是阵容豪华。对了，伊丹导演的美食随笔也非常精彩，推荐给没有读过的读者看看。

最后向以下诸位致谢：

感谢为本书写了精彩解说的近藤史惠女士，很高兴您能看完我的拙作。感谢负责装帧的石川绚士先生，为本书做了非常漂亮的设计。感谢深泽亚季子编辑体贴入微地支持我。感谢负责这本书的校对、印刷、宣传、销售等各个环节的相关人员，还有我的家人和朋友，以及读到最后这一页的你。

你想和谁一起吃什么样的肉食呢？

坂木司

解说

NIKU
SHOSETSUSHU

总觉得就食材而言，肉也是比较特别的一种。

当然，人各有所好。不过，很多人都喜欢吃肉，而且肉会让人觉得在享用大餐。一群人在一起吃饭，这时大块大块的肉端上桌来，人群里便陆续发出欢呼声。

我自然也爱吃肉，虽然也喜欢吃鱼，但吃西餐时大多时候会在鱼和肉之间选择肉。

不过，有时我会想，对于与自己息息相关的肉食，我们还真是一无所知。

应该有不少人剖过鱼，宰过猪的却寥寥无几。我当然也没有经验，甚至不曾拆解过一整只鸡。

前些天我去了西安，吃到了炸全鸡。雏鸡个头不大，我们自己确认鸡腿肉和鸡胸的位置，一边切一边吃。从鸡架上直接剔下精肉的时候，我不免有些感动。

不过说到烤全鸡的话，应该有人自己动手烤过吧，吃过的人也不少吧？

其中又有多少人会自己在家杀鸡烹煮呢？想必是少之又少吧。

比方说，如果在社交网络上发布"在自家菜园里摘了西红柿"这种言论，根本不会受人指责。可如果一个偶像艺人上传了照片，配上"今天杀了鸡吃"这种文字，就算照片上不是死了的鸡，而是已经加工成形的肉，负面评论也会蜂拥而至。

我对狩猎很感兴趣（不过没有爬山的体力，所以没办法实践），便在社交平台上关注了这方面的人士。好几次我看到，当这些人分享自己的猎物时，满屏都是歇斯底里的可怕言论。

如果这些言论来自素食主义者，尽管无法认同，我还是觉得情有可原。然而，指责狩猎残忍的群众里也有平时习惯吃肉的人。

这是为何？陈列在超市里的肉原本也是一条生命啊。因为鸡、猪和牛是家畜，杀害它们就不残忍了吗？如果鹿和野猪过度繁衍，人类不得不驱除它们宰杀来吃，那也叫残忍吗？

虽然有争议，但有一件事是可以确定的。

在肉的面前，人类无法保持冷静。

看到《肉小说集》的单行本封面时，我就觉得应该会是一部很美味的小说。

作为一个贪吃鬼，我最喜欢那些提到很多好吃菜肴的小说（有时自己也会写一写）。

"和菓子的杏"系列就是其中之一。我带着这种心情开始看《肉小说集》，没想到第一篇《武斗派的脚尖》就与我所想的背道而驰。

文中的猪蹄完全没有让人产生食欲。我倒挺喜欢吃猪蹄，不过在讨厌猪蹄的人看来，确实就像文中描写的那样，这一点我能理解。不仅如此，小说本身写得生猛真实，相当了不起。

坂木老师一向文笔优美，字里行间充满幽默感。通读下来，猪蹄黏糊糊的油脂仿佛留存于唇齿之间，看完之后依然挥之不去。

第二篇是《美国人的国王》。尽管没有暴力元素，看起来还是不太美味。我和主要人物之间也没有共鸣，却觉得读起来很畅快。

和猪蹄一样，看似不怎么勾人食欲的描写背后却散发出了食物的香味。

人生就是这样吧，不可能只吃到好吃的，也会吃到自己不喜欢的。我的身上也有令人讨厌的地方，是旁人无法理解的。可大多数虚构作品都是一刀切，简单分成能引起大众共鸣的和无法引起共鸣的人物。

以男初中生为视角的《你喜欢的猪五花》也让人赞不绝口。我想一个读初中的男孩子看到的世界就是那样的吧，一切都是那么百无聊赖，那么老土，那么烦人。他却从中看到了世界的美丽，但不想承认这一点。我暗自在心中表示理解，尽管像我这样的大妈不曾经历过男初中生的世界，还是了然于心。

至于《肩膀的负荷（+9）》，我作为中年人感同身受。紧随其后的《鱼的里脊》里，那种爱的欲望让人大吃一惊。

《鱼的里脊》和《一小部分》有种不一样的氛围，虽然不是常人眼里那种单刀直入的情爱场景，但我还是吓了一跳。或许作者想描写的是和他人跨越日常关系那一瞬间的气氛吧，我忍不住想夸赞坂木老师精彩的文笔。

　　俗话说，食色，性也。不仅如此，总觉得吃东西这一行为本身也有欲望的部分，美味和官能相辅相成。从某种意义上说，不管吃的是美食还是讨厌的食物，或许都有潜在的欲望在作祟。

　　吃自己喜欢的美食时，我们可以一边说话一边下意识地送进嘴里。吃讨厌的食物时却不是这样，我们会专注于自己的舌头和口腔，强迫自己吞下去。

　　《肉小说集》里描写的场景和情感不是从美感和让人感动的意图出发的。从各种意义上说，作为主人公的男人们都有糟糕的地方，但经过坂木老师的一番描写，我们却能大快朵颐。

　　大快朵颐之后，这些糟糕的男人也成了我的一部分。不对，或许我本来就有这样的一面，不知道好好品味一番后又会如何。

　　《肉小说集》里既有美味的菜肴，也有看似不怎么好吃的食物，不过无疑是一部美味的小说。

　　请大家务必好好品尝。

近藤史惠

本书收录内容为
原先刊登在《小说屋sari-sari》上的连载小说，
后出版成册，于2014年发行日版单行本，
于2017年发行日版文库本。

Butt

Picnic
Shoulder
4

1

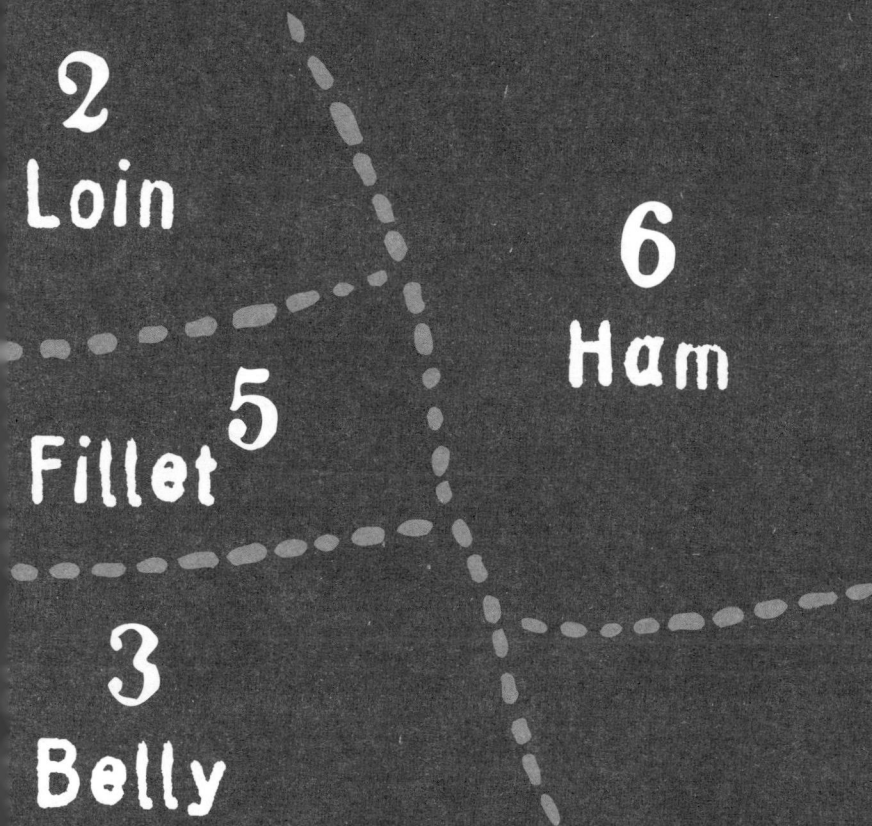

原作名：《肉小说集》，作者：坂木 司，原版设计：石川绚士（the GARDEN）

NIKUSHOSETSUSHU

©Tsukasa Sakaki 2014, 2017

First published in Japan in 2017 by KADOKAWA CORPORATION, Tokyo.

Simplified Chinese translation rights arranged with KADOKAWA CORPORATION, Tokyo.

Translation copyright ©2019 by Guangzhou Tianwen Kadokawa Animation & Comics Co.,Ltd.

著作权版权合同登记号：01-2019-3839

图书在版编目（CIP）数据

肉小说集 / (日) 坂木司著；山吹译. -- 北京：新星出版社, 2019.9

ISBN 978-7-5133-3663-5

Ⅰ. ①肉… Ⅱ. ①坂… ②山… Ⅲ. ①短篇小说—小说集—日本—现代 Ⅳ. ①I313.45

中国版本图书馆CIP数据核字（2019）第175551号

本书为引进版图书，为最大限度保留原作特色，尊重原作者写作习惯，酌情保留了部分外来词汇。特此说明。

肉小说集

（日）坂木司 著；山吹 译

责任编辑：汪 欣
特约编辑：马佳林
责任印制：李珊珊
装帧设计：何晓静 杨 玮

出版发行：新星出版社
出 版 人：马汝军
社　　址：北京市西城区车公庄大街丙 3 号楼　100044
网　　址：www.newstarpress.com
电　　话：010-88310888
传　　真：010-65270449
法律顾问：北京市岳成律师事务所

读者服务：010-88310811　service@newstarpress.com
邮购地址：北京市西城区车公庄大街丙 3 号楼　100044

印　　刷：广州市番禺艺彩印刷联合有限公司
开　　本：890mm × 1240mm 1/32
印　　张：6.25
字　　数：122千字
版　　次：2019年9月第一版　2019年9月第一次印刷
书　　号：ISBN 978-7-5133-3663-5
定　　价：38.00元

版权专有，侵权必究；如有印装质量问题，请致电：020-38031051